DER BLASSE HUND

Heinrich Böll

不中用的狗

〔德〕海因里希·伯尔 著　刁承俊 译

人民文学出版社
PEOPLE'S LITERATURE PUBLISHING HOUSE

著作权合同登记　图字 01-2020-2582

Heinrich Böll
DER BLASSE HUND

图书在版编目(CIP)数据

不中用的狗/(德)海因里希·伯尔著;刁承俊译.
—北京:人民文学出版社,2020(2023.6 重印)
(短经典精选)
ISBN 978-7-02-016453-0

Ⅰ. ①不…　Ⅱ. ①海…②刁…　Ⅲ. ①短篇小说-小说集-德国-现代　Ⅳ. ①I516.45

中国版本图书馆 CIP 数据核字(2020)第 119909 号

总 策 划　**黄育海**
责任编辑　**卜艳冰　李　翔**

出版发行　**人民文学出版社**
社　　址　**北京市朝内大街 166 号**
邮政编码　**100705**

印　　刷　**上海盛通时代印刷有限公司**
经　　销　**全国新华书店等**

开　　本　**890 毫米×1240 毫米　1/32**
印　　张　**5.25**
字　　数　**94 千字**
版　　次　**2021 年 1 月北京第 1 版**
印　　次　**2023 年 6 月第 2 次印刷**

书　　号　**978-7-02-016453-0**
定　　价　**59.00 元**

如有印装质量问题,请与本社图书销售中心调换。电话:010-65233595

SHORT CLASSICS

短经典精选

目 录

001 心急如焚的人

028 逃亡者

046 巴黎“被俘”记

068 不中用的狗

089 幽会

098 以扫宗族

103 贝尔科沃大桥的故事

118 死者不听话

120 失去的天堂

155 美国

160 德国奇迹

心急如焚的人

当海因里希·佩科宁十六岁时，他第一次想到最好去死。他在十二月的一个灰暗的日子里，在一次横穿这座作为他故乡的大城市的散步途中，看到一位他熟悉的老先生跟着一个年轻放荡的妓女走进她屋里。他突然感到心中有一种极其巨大的痛苦，他真想死去。他感到心中这种痛苦巨大无比，他继续活下去的每一天，这种痛苦都会与日俱增。他看到如此众多糟糕丑恶的东西，看到愉悦他心灵的事情如此稀少，他决定自杀。他未同任何人谈及此事。他承受这一切已经有一年，没有人猜到他的痛苦。他往往都是差一点儿就要倾诉衷肠，对任何一个他认为可以信赖的人说出心里话，但他却一再在马上就要表现出来的草率面前吓得抽身退步。他锁上了自己的心扉。

现在他就这样——这又是一个十二月的日子——沿着大河的河岸走着，心中只想着那一件事情：自杀，用残酷的方式与世长辞。他顺着通往河里的石头台阶慢慢往下走，浑身都在发抖。他在最下面一级台阶停下来。河水诱人地、轻轻地、差不多是亲切地拍打着石头。在此之前，他对一切都进行了周密考虑：他要宽宽松松地披上自己的大衣，用大头针从里面把大衣钉牢，这样就使他的胳膊不可能做出任何游泳动作。他又一次毛骨悚然地想到所有那些由于他的死亡和他死亡的方式而会痛苦的人。想到母亲、父亲、兄弟姐妹，还有几个人，几个自以为喜欢他的朋友和年轻姑娘。他们都慢慢地、悄然无声地从他脑海里掠过。一阵几乎无法觉察的、爱情与思念的波浪在他心中涌起，但它并不能制止他，他已经多次同这类情感搏斗过。他在自己的脑海里看见一位愁眉苦脸的年轻神甫的面孔，这位神甫在低声耳语："人子不知道他应当把自己的头放在何处，他是如此孤独。他在人群中贫困孤独，就连他的门徒都离他而去，因为作出决定的时刻已经到来。只有圣灵的力量才使他振作精神，为了上帝的缘故，去忍受可怕的折磨和难以忍受的痛苦。尽管如此，人子却爱所有的人。他确实知道尘世是多么丑恶，多么糟糕，但他对误入迷途的人类却充满了爱。他把自己的生命献给他们，也献给你。如果你信仰他——你经常说这句话——那就学他的榜样，爱他们所有的人，爱那些坏人、迷途的人和那许多许多的受难者。"海因里希全身剧烈颤抖，他艰难地呻吟着：我无法忍受这种痛苦。但是一种声音在他内心，以一种他从未听到过的威力轰鸣着：上帝的恩惠和慈爱四处传播，你相信吧！！海因里希转过身，沿着台阶向上走。他穿过桥拱下面宽阔的林荫大道。大道的另一面，在灌木丛和小树丛之间的一个涂上刺眼色彩的木头亭子里，是一家名声不好的咖啡店。海因里希把手伸进口袋，数了数他的钱，然后便穿过街道，紧接着就走进了一家肮脏的售货亭。在小小的舞池四周有许多凹进去的地方，他没有打招呼，便在凹进处坐下来，要了一杯咖啡。一个邋里邋遢的老妇人把咖啡端了上来。墙壁上画着线条简单的裸体女人，用的是红颜色。有年纪大一点儿的，也有年纪轻一点儿的好色之徒怀抱妓女，坐在几个角落里。一个大约十六岁左右、衣着打扮颇像妓女的漂亮女孩坐到他的身旁。她以其特有的方式，取笑他那显得厌烦的招架手势。海因里希从口袋里掏出他总是随身携带的《新约全书》，开始读起来。他对这个妙龄女郎那双奇怪的眼睛非常生气，他气得全身发抖。他试图把精力集中到《圣经》上面，但又不得不一再抬头看她，看着那双微笑着的、对他死死盯着不放的眼睛。那个女人把两肘支在桌上，双手撑着下巴。她有一头柔软、浓密的棕发和一副妩媚动人、随机应变的脸蛋，她那几乎是稚气的眼睛漂亮、纯洁。海因里希最初用怀疑的目光打量她，可是他抬头看她的次数越多，他就越感到惊奇。他看见她那双大大的黑眼睛神情忧郁，纯洁得像一个孩子的眼睛，忧郁得像……“可她毕竟是个妓女呀，”他想，“她要引诱我，我弄错了，她坏。”然后，他又低下头来阅读《圣经》。但他却老要抬头看她，老要盯着这张脸。最后，因为他再也无法忍受这可怕的怀疑，所以便用一种生硬、激动的声音问道："您要给我说清楚，您怎么到这儿来的！"就好像她已经在等待这个问题似的，她从脖子上取下一串有一个十字架的项链，指着那个十字架，用一种坚定、圆润的声音说："我是为了这个标志到这里来的。"

海因里希低下头，由于佩服以致满脸通红："尽管我对前因后果还很不清楚，但我相信您。"姑娘淡淡一笑，继续说："我愿意把一切都简明扼要地给您解释清楚。我在这儿这种……地方接受一个妓女的位置——您会明白竟有这种事的——是为了救人。我要救人，既然我认为自己太软弱，无法同老色鬼作斗争，那我就试图拯救小青年。有不计其数的小青年正处于堕落的边缘。您并非我在罪恶的面具下接近的第一个人，但您却是许多同我坐在这儿的人当中第一个不需要我帮助的人。"海因里希惊奇地注视着她，就好像他不相信自己的耳朵似的。在他那几乎陶醉的目光里，她变得严肃起来，她的微笑已经破碎。现在他清楚地看到，她的内心会有多么悲伤，因为她嘴角上挂着的微笑再也掩盖不了她眼里的悲伤。

他想问她是否已经取得成效，却又羞于启齿，要求她对往事做一个总结，所以他就等着她继续往下说。她坐在那里，身子微微前倾，具有一种神秘莫测的美。她那张愁容满面的脸恰似一个可怕的天使的脸。海因里希看到，在她身上有某种极难预料的事情发生。

他怀着一种新的、难以忍受的羞愧之情，用双手把脸紧紧捂住：他突然感到自己爱上了这位妙龄女郎。她继续往下讲——现在她声音激动："我确实救过一个人。我来这儿的第一个星期，他跌跌撞撞地走了进来。但我马上就看出，他不是因为喝醉了，而是饿得摇摇晃晃。他的脸色比死人还要苍白，因为他活着。他的黑发蓬乱，散盖在头的四周。他坐下来，用一种几乎发疯的声音大叫大嚷着，要一个女人。我扶着他，把他领进我的房间，以保护他免遭别人的嘲讽，因为我马上看出，他穷得几乎发疯了。我给他东西吃，让他讲讲情况。后来他睡着了。我久久地坐在他身旁，守在那儿，不让任何人打扰他。当他醒来时，他要求——但他看到我的眼色却沉默了。后来我对他讲话。他像一个异教徒那样，对我给他讲的那些事感到惊讶。一大早他就走了。他经常到我这儿来，希望听听有关耶稣基督的事情。他已经有四个月没到这儿来了。出于某种原因，他感到羞愧。他最后一次在我身边时，我感到了这一点。他想说点儿什么，却又什么也没有说出口，因为他感到羞愧。我知道他的名字，却不知道他的住址，我倒是很想去找他。"当她讲完时，好像差不多就要崩溃似的，倒在桌子上，用双手捂住脸，失声痛哭。海因里希俯下身去，顷刻间，他忘记了自己为了爱她所引起的痛苦，他在为她担忧。"我会找到他的，您相信我，我……我……"她直起身子，眼里噙着泪水，心急如焚地注视着他："我相信，您……

您……您错啦……”她如此奇怪地看着他，使他恍然大悟，原来她爱的是他，而不是另外那个人，不是他为了安慰她想要去找的那个负心汉。不，她爱的是他。他朝这个泪人儿俯下身去，对她低声耳语：“别哭，相反地，你要高兴才是，要同我这个刚刚才重新被你赐予生命的人一道欢呼。我愿意侍候你，我要爱你胜于我的生命。姑娘，我请求你，别再哭啦，我们要离开这个恶浊的地方，在清贫中开始一种耶稣基督式的生活。我们……”他欣喜若狂，无法再继续往下讲；语言，这个人与人之间笨拙的中介者，它无法理解他的感情。他把头放到桌子上，亲吻这个女人的双手。当他扶她起身，把她抱在怀里时，她快乐得全身发抖。

同一天晚上，苏珊也离开了她的“岗位”。海因里希同她一道在城里给她找一个住处。他们租了一个干净的小房间。他们坐在那儿，直至深夜。他们相对而视，彼此很少讲话。他们决定去找贝内迪克特·陶斯特尔，就是苏珊在其妓院生涯痛苦不堪的那些漫长的日子里，唯一能够拯救的那个人。当贝内迪克特·陶斯特尔开始引起公众不安时，刚十八岁。他写臭名昭著的小品文《拿破仑也是一个性爱的天才吗?!》，副标题是：《关于科西嘉这位著名风流人物的思考》。仅仅是他给这种事配上一个问号和一个惊叹号这一情况，就已经使有些人勃然大怒了。这已经不再是怒气冲冲，而是立即就怒火中烧，怒发冲冠。海因里希从这样一个怒发冲冠的人口里听到贝内迪克特·陶斯特尔的情况。他读贝内迪克特的小品文，感到它——用一种差不多是讽刺性的才智——嘲弄和讥笑现存的一切。他的政治和社会比较——他在这篇短文里虽然讲的也是拿破仑的性爱，但主要谈论的却是当今的时政——有好几次非常滑稽可笑，使海因里希忍不住笑出眼泪来了。最使他惊异的，看来就是包含在整篇文章中的那种热情洋溢的弦外之音。这是一种疯狂、燃烧的热情，正因为它与冷嘲热讽结合在一起，所以令人神往。最后有一句话，其语气就像一个小孩在为一件糟糕的蠢事感到惋惜："多可惜呀，我贝内迪克特·陶斯特尔是这样一个没有希望的残废人。"海因里希通过间接的渠道，从一个以批评天才著称的、闻名遐迩的文学家那里得到有关贝内迪克特的消息。那位文学家有一次曾经说："陀思妥耶夫斯基的伟大就在于，他是歌德的一个真正的天才模仿者。"凭着这句名言，有人试图朝这个厌恶桂冠的脑袋用手枪敲打三下。海因里希通过一位监狱看守认识了那位先生。当此人怀着教育的意图，在监狱里看望那些谋害他那令人尊敬的人的生命时，他对着看守的耳朵低声说："要是我没有完全弄错的话——但我觉得这种事情绝对不会发生——您很快也就可以在这里欢迎贝内迪克特·陶斯特尔先生了。"现在，监狱看守——海因里希的一位熟人——给此人讲贝内迪克特·陶斯特尔的事情，因为他知道，海因里希“爱好文学”。

海因里希在一条“臭名昭著”的街道的一个糟糕透顶的阁楼里找到了贝内迪克特。他就住在那里。他个子高，很瘦，有一张苍白、痛苦的脸。当海因里希自我介绍，说苏珊是他的未婚妻，他们一起找过他时，贝内迪克特久久地、默默无言地凝视着他，过了一会儿才用一种结结巴巴、深表同情的口气说：“我要用‘你’来称呼。”海因里希对此只是点点头，这样，他们之间的友谊很快就建立起来了。然后，他们便长时间默然不语地相对而坐，抽着闷烟。忽然，贝内迪克特抬起头，轻声说：“你信仰耶稣基督。”尽管这并不是在问他，但海因里希还是答道：“是的。”“你肯定已经读过我论述拿破仑的那篇文章……哎……你知道……这些猪猡，这些断章取义的臭狗屎，他们干脆把开头删掉。我一开始就写道：‘如果我的文章不好，但愿上帝能原谅我，我怀着满腔的愤怒写这篇文章，反对那些嘲笑他的名字却又自称基督徒的人。’你瞧，他们把这个给删掉了。”当他说这一席话时，他注视着海因里希。海因里希看到他的眼睛在跳动，他站起身，沉思着，在屋里走来走去。他像这样不停地走着，走了好久，最后终于在海因里希面前停下来，开始继续往下说：“我想问你一点事情，”他顿住了，似乎是在沉思他是否应当继续往下说，“瞧……六个月后，一位年轻姑娘——这位姑娘你马上就可以见到——就要生下我的孩子。我是在当铺里认识她的。我一大清早就去到那儿。我想——像往常那样——把我仅有的一件值钱的东西，把我的表拿去典当，因为我已经有好几天没吃任何东西了。我把表放进窗口，人们给表估价，以及做诸如此类的事情，一切顺利，我应该领到五个马克。这时，那个公务员要我拿证件……我狼狈不堪，结结巴巴地说，我没有证件。紧接着，他就把我的表退给了我。我怀着羞愧的心情想离开那儿……这时在我身后有一位姑娘清脆的声音说：'我为这位先生作保，这儿是我的证件。'当我吃惊地转过身，看着她的脸时，她把自己的证件递了过去。她差不多同我一样高，有一头乌黑的头发和一副苍白的面容，她用她那双黑眼睛神情严肃地打量我。这时，那位公务员把证件退给了她：'第一，在这种情况下担保没有任何用；第二，您根本不到法定年龄，所以您的东西我也不能接受。'我毫不迟疑地挽起她的胳膊，把她带回家。后来我感到奇怪的是，这一瞬间，一切需要举止自然的言行，我都理所当然、轻而易举地做到了。我还从来没有挽过一位姑娘的手。我们相互间什么事情都讲，当然彼此间马上就用'你'来称呼。本来我所钟爱的姑娘绝不是她。可是我爱上了她。在走路时，我们甚至兴高采烈，说我们饿肚皮的笑话。不过多数时候她都愁容满面、郁郁寡欢，默默无言地在我身边走着。只是有几次她眼里才偶尔闪现出一种喜悦的光辉，她微笑着说着某种事情。她这种微笑妩媚动人，简直是……千娇百媚，令人心醉，是一种真正有血有肉、聪明活泼的少女微笑。我们在一个街口上告别。我给她讲了我的住址，邀请她光临寒舍，她对此一声不吭，可是当晚就到我这儿来了。当她走进我屋子时，我立即朝她走去，亲吻她。她又露出了笑容。现在她每天晚上都来我这儿，然后我们并排坐着闲聊。最初我们讲述我们的生活，后来就什么事都谈，谈上帝，谈艺术、政治。倾听她连珠的妙语真是美极了。之后……我们也一起祈祷。我们特别崇拜那位善良的、跟基督一起钉在十字架上的罪犯，他就在十字架上的耶稣基督身边，还在当天就到了天堂。在此期间，我的状况，也就是经济状况江河日下。我唯一的固定收入是每月二十五马克。这笔钱是我遗产的强制管理人支付给我的。我已经到了甚至连必不可少的衣服和鞋子都没有的地步。在这段时间，我开始写不计其数的、许许多多的东西，但真正完成的却只有这篇《拿破仑》。我把这篇文章托付给她。她跑了好久——差不多持续了三个星期——才找到愿意发表这篇文章的人。出版社的一位代理人来拜访我（这是一家大多出版黄色小说因而变得非常富有的出版社），我们很快就达成了协议。她父亲就在这个时候自杀。他是一个债台高筑的商人，但由于手段高明，往往还能获取高薪。现在他的骗术被戳穿，于是就开枪自杀。虽然我签了一份十分有利的合约，但因为我很伤心，所以还是热切地期待着她的到来。那是一个夏末之日，那一天的酷热在天上聚集了厚厚的雷雨云。太阳刚下山，我便从我的小窗户中探出头去，望着沐浴在深红色中的城市。尽管如此，城市并不显得比往常更冷清……我伤心到痛不欲生的地步，我如此深切地感到她对我来说变得多么重要。这时她来了。她看起来像个疯子。她倒在我的怀里，我从她前言不搭后语、结结巴巴的话语中，知道发生了什么事。我无话可讲，只是默默无言地亲吻她。这天晚上她就待在我那儿。也就是在这一天……我们俩失去了我们的贞洁。”他急急忙忙地说着，不停地走来走去。现在谈话戛然而止，他两眼凝视着窗外。海因里希想朝他走去，想随便说点什么，想至少同他握握手，这时一个黑乎乎的姑娘的身影走了进来。按照他的描述，海因里希立即就把她认出来了。他向她问好，贝内迪克特给她讲他的名字。贝内迪克特把自己的椅子让给她，然后挨着海因里希坐到床上。在屋子里暗淡的灯光下，这两个小伙子只依稀见到她身材的轮廓。她开始用亲切的语调轻声说道：“我为你找到了一点活儿。有一位领导着一所私立午后学校的先生在找家教，补习文科中学的课程，每小时一个马克。这样，你就必须同有智力缺陷的平民子女一道做家庭作业。你会被正式雇用，每天下午授课大约六七个小时。当然你先得通过一次小小的考试，不过考试却由那位先生主持。我已经同他谈过话，我对他讲，你是文科中学的。另外……他自己要让孩子的父母每小时给他三个马克。”贝内迪克特慢慢抬起头：“我感谢你，玛格达勒娜……这样我们就可以结婚了，就是说……如果那位先生雇用我……”

这三个人在半明半暗中坐了许久，只打破过一次沉默，而且是由贝内迪克特打破的：“玛格达勒娜，我给你讲过在妓院里教给我真理的那位姑娘，你知道吗……她就是海因里希的新娘……”

玛格达勒娜霍地一下站起身来，朝海因里希走来，神情严肃地用她那双睁得大大的黑眼睛久久地凝视着他，然后问：“她已经原谅了他……我们……他再也没去她那儿了……我们真是愧对她的纯洁……”她满脸通红，低头看着地板。当她重新抬起头时，她看到海因里希正微笑着点头称是。她把自己的椅子挪过来，坐在他们俩之间。

当玛格达勒娜坐在苏珊身旁，感受到这个女人的无比信赖而几乎变得兴高采烈之时，这两个小伙子正往那位靠办学赚钱的资本家先生那儿走去。依旧下着冬天的冷雨，这种雨对于穷人不啻是一个货真价实的杀手。他们没有帽子，只有又薄又破的大衣，因此他们都紧贴着院墙走，这样至少能稍微少受一点儿严寒的侵袭。市郊街道的房子都装作观望的样子，躲在高高的林荫道树下和屋前花园后面。就在这样一条气派的宽阔街道上，他们拉响了一座差不多是宫殿式的房屋的门铃。有人将他们领进接待室，要他们先在这儿等一个小时。他们带着恶意讥讽的怒气，将房间里全部画像的形成史直至细枝末节，都寻根究底一番，解释一番。在这之后，他们正准备以一种绝望发狂的方式，向墙上裱糊的图案猛扑过去时，一位“仪表庄重”的先生走了进来。这位先生中等个子，身材肥胖，像菩萨一样面带笑容。他们作自我介绍；他热情欢迎他们。五分钟之内，贝内迪克特未经考试，光凭中学毕业证书就被聘用了，暂时试用一个月。海因里希也同样说出了希望能试用他的愿望。尽管他年轻，但在看了一眼他的证书之后，他也被雇用了。“你们今天下午就可以开始。”用这些话就把他们打发走了。他们沿着同一条不见人影的道路往回走。

“这个人不是愚蠢，就是发疯，”海因里希说，“如果他就这样直接录用了我们，这对他那所著名学校的声誉是一个很大的冒险。”

贝内迪克特笑道：“他嘛，发疯倒不是，就是太懒。不过他也并不愚蠢。因为他认识玛格达勒娜，很可能他知道我们信奉天主教，而且还很虔诚。天主教徒——他是这样估计的——因为他们那不人道的秘密忏悔，对于罪孽有一种巨大的恐惧，因此他们比起那些不用在某一时刻爬进忏悔室招认一切的人来，欺骗他的时候肯定会更少一些……譬如有很多不信教的人，他们之所以雇用天主教的女仆，就是因为他们自以为由于她们要被迫忏悔而可使自己免遭被窃之灾。再说，要是我们给他的声誉带来危险，他随时都可以把我们赶走。”

他们还是在苏珊那里遇到玛格达勒娜的。坐在暖烘烘的火炉边，喝着热气腾腾的咖啡，另外还能抽抽烟，这真是一件赏心乐事。

贝内迪克特和玛格达勒娜很快就起身告辞，由于他们的婚礼八天后就要举行，他们还得去神甫那里。

苏珊坐在海因里希身旁；他神情严肃地凝视着她的脸："苏珊，我过去总是仇恨太阳，因为我认为，它想用它那灿烂的光线嘲笑我的痛苦……我有好久都找不到生存意志，甚至就连生活的乐趣也少多了……有一天我找到了生存意志，而且在同一天找到了你——我生活的乐趣……从这一天起，太阳还从来没有出来过，它在惩罚诽谤者，但是它肯定还会出来的，我会欢呼雀跃欢迎它，我们会见到那些美妙的时光，苏珊……苏珊……"他微笑着。这是苏珊在他脸上第一次见到笑容，它好像浅显易懂的教堂音乐，这种音乐正从隐藏在这张颤抖着的、年轻的脸上那个年代久远得被人遗忘的时代传来。苏珊非常高兴，因为她看到了他的欢乐这种轻声的爆发。这是在他们之间的某种东西，如此纯洁，离罪孽如此遥远——尽管诞生她的时代离罪孽如此之近——就像很久很久以前的爱情那样愉快。这是一种充满着默默无言的欢呼的气息，快乐又温柔。海因里希轻轻地把她拉过来，亲吻她的嘴，他们觉得好像世界已在他们脚下沉陷下去。

婚礼犹如一个小孩的葬礼那样悲伤。那个金碧辉煌、硕大无朋的大教堂可能很少见到这样悲惨的结婚。巨大的厅堂——它的天花板呈碎纤维状的灰色，恰似多云的二月天——要将跪在辅助祭坛前面的这对衣衫褴褛的人压得粉身碎骨。玛格达勒娜恭顺地闭上双眼，她全身发抖，内心在欢腾，等待着婚配的圣事。当神甫在主持圣事过程中转过身来时，他总盯着贝内迪克特那张苍白、严肃的脸。在他们俩后面，跪着玛格达勒娜的母亲和兄弟。在母亲的脸上显露出一种强颜欢笑的表情，这就好比一个遭到强奸但由于心灵纯洁开始忘记肉体上耻辱的少女脸上的表情。在那些兄弟的目光里，带有一点暗淡无光的放荡者眼神里的那种被掩盖着的放肆神情。他们大概就是同父亲一道，强奸了这个女人的灵魂的人。一道胆怯的目光瞥了低着头的苏珊好几眼，她正跪在他们前面、玛格达勒娜身边。海因里希和保罗·冯·森陶这两位证婚人在为弥撒服务。

在祈神祝福之后，这对新人走上前去，跪到陈旧、古朴、已经在一些王侯婚礼上用过的祈祷凳上。两位证婚人来到他们身边，神甫开始举行仪式。圣事结束之后，年轻的神甫讲话。他讲话的声音非常低，好像他害怕会引起宽大的厅堂的回音似的。在他脸上浮现出一种喜悦的笑容。

“当神甫用神圣的纽带将一对新人联结在一起时，他要对新郎讲几句话，这是很平常的事……请您原谅我……请您原谅我……可是我现在不能对您讲……我们今天很难感到信奉基督的真诚和对上帝的谦卑……您明白，”他满脸通红，看着地下，“我心情激动……但我却不揣冒昧，接受您的邀请，参加一次小小的庆祝会。”

玛格达勒娜的两个兄弟在大教堂前同参加婚礼的人告别，带着他们那副令人厌恶的捞钱者的嘴脸，就像梦魇一样离开了这个可怜的、小小的人群。人们穿过大城市平日的喧嚣，向这对新人位于老城边缘的新居走去。这座大教堂本来不是他们教区的礼拜堂，但是贝内迪克特之所以希望在那里举行结婚仪式，是因为他知道他父母是在那里举行的婚礼，他自己也在那里接受洗礼。半年前，当他在苏珊那里度过那一夜，被真理的火花迷惑之后，他就向这位年轻的神甫敞开了他那火热的心。就是这位神甫在旧日的教区记事录中看到，在战争的第二年初，一个叫丹尼尔·陶斯特尔的男子同一个叫阿黛尔海德·冯·森陶的女子在这里结婚。贝内迪克特的洗礼也同样登记入册。所以现在他们从市中心到城边有好长一段路要走。这对年轻的新人走在前面，低声说着话。玛格达勒娜的母亲同神甫跟随在后。走在最后的是夹在海因里希和保罗之间的苏珊。保罗给这位在他一生当中第一次见到的苏珊作自我介绍，给她讲他的简历：“我是一个古老的法兰克贵族最后一个无家可归的后裔，不过这个贵族在一百年前就已经在十足的市民阶级的轨道内活动了。我的堂兄弟……贝内迪克特……是唯一的血亲。在那一天，我父亲在朗格马尔克阵亡的同一天，我出生了。我母亲刚满十八岁。哀悼年轻的丈夫使她心力交瘁，因为正是这位夫君使她那备受折磨的、孤儿的青春时代以美妙的爱情告终……贝内迪克特的母亲，我父亲的妹妹，一个十九岁的女子把我接到身边。我当时半岁……尽管她自己已经有喜，虽然她很为自己的丈夫感到痛苦和担心，因为他头部受了致命的重伤，正躺在罗马尼亚的野战医院里……她的丈夫在贝内迪克特出生前三个月就已去世……她哀悼丈夫、兄弟、女友，挑起了这副无穷无尽的生活重担。她本着对耶稣基督这位真理的宣告者和受难者的朋友的信仰，逼迫着自己那年轻的、燃烧着的灵魂，穿过日常生活的角落……她在由她抚养成人的孩子们身上没有感受到多少乐趣，她必须从事一项职业。我们不得不在法伊特，在这个住在我们旁边的复折屋顶上的伤兵那里度过长长的早上时光。法伊特只有一条腿，他拄着拐杖，只能艰难地爬上那有许多级的台阶。另外，由于肺部受伤，他还不得不经常躺在床上，所以对他来说，两个男孩正好合适，因为他还年轻，才三十三岁，而且充满激情。当他正好听说我们两人的父亲都在战争中阵亡时，就立即喜欢上了我们。我们同法伊特的友谊开始时，我五岁，贝内迪克特还不到四岁。法伊特什么都不信。每当我们去他那儿时，他首先总要用带有嘲讽意味的、郑重其事的口气问：‘什么是至高无上的生活准则？’然后，我们清脆的童声答道：‘——全是胡扯蛋！’他就是这样教育我们的。他经历过可怕的事情，也给我们讲一些事，这些事的可怕只会使我们感到饶有兴趣。他用自己的话把不信宗教的毒药滴进了我们孩子的心灵里。当母亲疲惫不堪、和蔼可亲地回到家里时，我们都要做祷告。只是在我们每晚做祷告时，这种毒药才暂时不起作用……这个法伊特呀，他倒并不坏，不过却失去了同上帝的联系……我今天相信，圣灵在他内心里正在进行一种秘密的煽动工作，因为他在还活着的最后一天说……当时我七岁……‘小家伙，你们晚上祷告什么？’‘我们对耶稣基督祷告，祈求他保佑我们的灵魂不要失去信仰，祈求他让我们的父亲进入天堂，使善良的法伊特康复，赐给母亲以欢乐。’然后，他莫名其妙地微笑着，看着我们说：‘这样做很好，你们千万别忘记这件事。’这句使他最后两年所有的生活经验都化为乌有的话，对于我们只不过是千百个印象当中的一个罢了。我们只管搜集，还没有进行区分……几天之后他就去世了。我们深切地、久久地哀悼他。母亲无法安慰我们，只有时间的流逝才使这个伤口愈合。追悼会之后，法伊特撒下的种子开始发芽……只要母亲谈到——正如我们所记得的那样——法伊特不相信的事情，我们就反对她，只有对上帝我们还不怀疑……这种事只是后来才出现。这时，我们已经有好多年听凭街道上懒惰智慧的摆布。在母亲死后，我们因为贫穷，在文科中学遭到市民阶层和暴发户的孩子的鄙视……接下来——我们自己的思想越来越禁锢——开始是慢慢地，但后来我们突然拒绝一切不可思议的东西，我们带着顽强、苍白的面容，自豪地承受着我们的贫困……我们心里产生了怀疑，周遭环境和我们的短视使得我们——摆脱基督徒自称的残废人——在哪怕只是知道他的学说的一鳞半爪之前，就已经宣布脱离苦难了……我九岁，贝内迪克特八岁时，母亲就去世了……医生讲，她是死于疲劳过度……肯定是她出于对我们的爱，拼命工作，弄得弱不禁风……可是我认为，而且也知道，她死于痛苦。我认为，这种痛苦经年累月在她心里折腾着，最后它终于显露出来，用毁灭性的一击，将她带往她一直信仰的永生……要是她在那些关键性的年代，把十字架无声的学说作为首要的学说教给我们的话，我们肯定会理解，我们就不会由于周遭世界的愚蠢和缺陷遭到失败。这样一来，我们就不得不多年迷惘，多年摸索……我们靠一座小房子的租金过活。这座房子是贝内迪克特的母亲作为将来的一笔小小的保证金，用她节衣缩食、好不容易才省下来的钱为我们购置的。人们喋喋不休地谈论文献档案，谈论爱情的巨大丰碑……对我来说，没有任何比位于老城的这座破破烂烂、东倒西歪的小房子更美的了，它使一位漂亮美丽、含辛茹苦、孤独寂寞的年轻太太付出了多年饥饿的代价。

“我在学校毕业考试的前一年，为了一个女人离开了贝内迪克特和老家……她有一头深棕色的秀发，一张年轻漂亮的嘴巴，她的眼睛犹如夜晚一样黝黑，充满着真诚热烈的感情……她当时在这里举办一场肖邦音乐会……我如醉如痴地倾听她的演奏——在我一生中破天荒第一次心醉神迷，受到鼓舞——倾听这个富有魅力、忧郁、诱人的感性世界。我唯一的要求就是这位年轻的姑娘，她那真诚的演奏把这种醉意注进了我的心灵……透过厚厚的帷幕还传来雷鸣般的掌声，那时我就站在她的闺房里……奴仆们已经在我眼前退去……帷幕拉开了，她悄然无声、风姿秀逸地走上场来……她并不惊慌，也不气恼……她没有看到我的衣着犹如乞丐……她盯着我的眼睛微笑着……她很年轻，才十七岁……我马上就看出，她像我一样还未失贞操……她这样久久地伫立着，微笑着……我仍然一本正经，由于幸福和痛苦面色苍白……她向我走来，亲吻我……我还从来没有吻过一个女人，我感受到亲吻我所钟爱的第一个女人的幸福……她用一种让我全身发抖的声音轻轻说道：‘你必须笑，我爱你，你是第一个，也是唯一的一个。’我们在这天夜里结为夫妻。这种结合充满着令人陶醉的、甜蜜的乐趣，充满着幸福，但却没有上帝的祝福。

“我同她周游世界，走了一年……她举办音乐会，出了名……在此期间，我除了穿这身过时、破旧的学生服外，从未穿过别的衣服……她对这类事情视而不见，她的感情真诚、热烈……我也没想到这些事……我们从不参加社交活动……总是独处索居，只与我们的青春、我们的爱情为伴……我根本没有勇气去参加她的任何一次音乐会。要是我看到这几千只贪婪的眼睛都对准她那属于我的身子，我准会发疯的。我们俩都没想到耶稣基督，但是有一个保护天使在我们头上盘旋，我们永远也不卑鄙……我的存在并非秘密，新闻界发现了我……我知道新闻记者暗地里把我称作伟大女钢琴家的舞男……我们犯下了深重的罪孽，不过每天都如同第一天那样兴高采烈、朝气蓬勃、热情似火。我的母亲看到自己那青春年少的身子里的胎儿变成了罪孽。她的请求和我第二个母亲向上帝宝座的祈求并非徒劳……我找到了归去的道路……在德国南部一个无足轻重的小城镇，因为她要举办一场音乐会，有一天傍晚我去散步……由于别离，我的心仍然焦急不安。这种别离把她从我怀里抢走，拖到周围的地主们眼前……我忽然明白过来，我是一个无赖，我让她，让这个女人为我工作，因为我早就清楚，对她来说，为丑八怪们举行这种演奏是一种痛苦，只有当我们单独在一起时，只有当她能够将她那颗燃烧的心，在钢琴上或者小提琴上敞开之时，对她来说，音乐才是一种乐趣……这种想法张牙舞爪地向我袭来，我逃进附近的一座教堂，因为我知道，这是人们唯一能够畅通无阻、自由出入的场所……在昏暗中，坐到最后一排的一张长椅上……除了少数人唱的圣歌之外，那喃喃自语的祷告声只是隐隐约约地闯入我的耳膜……但突然我吓了一大跳，有一个声音又大又清楚地说：‘一切罪孽的开端，对上帝所有冒犯的开端就是高傲，哪怕只是对一个最亲近的人的一点点骄傲自大。’……一位上了年纪的神甫走上布道坛布道，而我却——开始时为他那又洪亮又清晰的声音，后来为那些话的内容所驱使，几乎不得不一道去倾听……我理智入迷地倾听着那些话语，刚过一刻钟，我就听到关于受难学说的一个异常清楚的概述……他谈到谦卑，谈到爱情，谈到道德……当他讲到礼拜仪式，讲到规章制度，讲到神圣的尺度时……我大吃一惊，我立即就感到我破坏了礼拜仪式……这种认识犹如一道闪电向我劈来……我被劈得粉身碎骨，再也听不见后来说的话。在礼拜仪式结束后，我还独自一人待在教堂里……我这样坐了好一阵，痛苦得全身淌汗，还以为就要死去……我听见寂静中响起了脚步声，抬头一看，看见在向神龛行完屈膝礼之后准备离开教堂的神甫……我用一个快要溺死者求救的手势，挥手让他来到我这儿……当他站在我身旁，用诚恳友好的目光看着我时，我说不出话来……我对上帝的视见、信仰、感觉仍然模糊，但是真实。为了我的罪孽，我受到可怕的折磨。与此同时，我也从未如此清醒地意识到，娜塔莉是上帝的一个美妙的创造物，她并不坏……我向上帝祈求，求他也要用他本质的真实和清晰感动她的心……然后我用微弱的声音对神甫讲话……我把一切都讲给他听。

“在返回旅馆途中，清清楚楚地占有真理的欢乐忽然之间在我心中油然而生，我热切希望帮助我所钟爱的人也获得这种唯一值得占有的宝贝……就是现在我还爱着……我不怀疑她会理解……我知道，她朴素自然……我想起了她热泪盈眶的那许许多多的时刻，因为我们的爱还没有孩子……我从她的艺术中得知，她身上有比天性更多的东西……在这次穿过深夜的行程中我相信又听到了她那几千个满怀悲痛的幻想，但它们不会在我那基督教良知的尺度面前土崩瓦解成一种可怜的无所用心。我兴奋得欢呼雀跃，我可以给她指点目标……结局你们马上就会听到……你们会看到一位妙龄女郎，差不多还是一位少女，她右手戴着一只朴素的金戒指，这是同我结合的标志。她会穿一件朴素的红衣服，唯一的妆饰是戴一个玫瑰花冠，还会带着那本屈从者的祈祷书……这位伟大的钢琴家，她同她的舞男结婚，就成了娜塔莉·冯·森陶。”

保罗喜形于色地看着这两个人，他在讲话时往往自言自语地看着街道。苏珊由于对这个奇怪的小伙子感到困惑不解而脸上发红，而这个小伙子大概也从她的眼神里看出来，她不理解他……她凝视着海因里希，看见他在笑。

这一小群人在门口受到一位温柔的妙龄女郎的欢迎。她有一头棕发，穿一件朴素的深红色衣服，可以看见在衣服里面的脖子上，黑色珍珠和一个玫瑰花冠上的金色十字架在透着微光。她有一双很大很大的眼睛，一个微微弯曲的鼻子。她首先向这对年轻的新人问好，亲吻玛格达勒娜，同贝内迪克特紧紧握手。保罗马上就快步向她走去，把她介绍给神甫和苏珊："这是玛格达勒娜。"他边笑边对苏珊说。

娜塔莉把早餐要用的一切东西都已准备停当。餐桌上的餐具摆得非常美观。到处都放着鲜花，在角落里的圣母像前点着一支蜡烛。

娜塔莉看到其他人惊奇的目光，便微笑着说："今天早上我才找到它。这支蜡烛在你们老房子的顶楼上，看起来真像一团奇形怪状的灰尘……谁知道这座小房子有多少主人已经毫不在意地把它踢到一边去了。我最初想，这也许是一根布满灰尘的旧捻杆，可是当我去拾起它时，却又那么沉。我碰到的那些地方灰尘掉了下来，泛着微弱的金光……它肯定已经很旧了……"

屋内弥漫着一股沁人心脾的咖啡的清香。此外，餐桌上还放着面包，面包为诱人的褐色和鲜艳的黑色。在褐色盘里放着黄油。大家都高高兴兴地坐了下来。二月份变得更友好了一些，灰白色的天空至少已经没有咄咄逼人的雨云，从东南方甚至有一道微弱的阳光透过窗户，照进屋来。尽管外面仍然寒气逼人，但在这儿，在室内却是暖烘烘的。吃饭时大家都很少讲话，这恰似一种对于这对现在业已超凡脱俗的新人的崇敬心情。

吃完饭，咖啡杯又重新盛满咖啡，烟草的蓝色烟雾开始在屋内成团地弥漫开来。这时保罗开口道："我们必须好好考虑这件事情。"大家都困惑不解地望着他。他笑着。"但愿你们也明白，我们必须成立一个什么团体或者社团，或者就我所知的什么组织。""我觉得也是这样，"海因里希在其他人的笑声中说，"要是两个以上的人聚在一起，而这些人尽管只是在某种程度上对某种事情的看法才一致，那就必然出现某种同会员证和会费联系在一起的东西。毫无疑问，这会出现一个罕见的团体——开始是八个人：一个年轻人，此人月收入不到两百马克，却如此疯疯癫癫地要结婚；这个白痴的妻子，这个人因此也就属于每况愈下的平民姑娘阶级；这个姑娘的母亲；然后是一个听天由命的、伟大的女艺术家；艺术家的丈夫，一个漂泊者，他是一个古老贵族最后一个全面堕落的后裔；一个完完全全成为罗马天主教奴隶的人，一个神甫助手；昔日的经历很使人感到困惑的苏珊和我……""要是允许我当主席，允许我为团歌谱曲、谱词，那我就参加。"贝内迪克特说完，面带笑容地吸了一口烟斗……毫无疑问，聊起这个题目来会没完没了的……年轻的神甫边微笑边倾听，现在他举起右手，制止讲话。他声音很低，差不多是在对着他刚点燃的烟斗说："在所有真正可笑的东西里面——当然，人们经常嘲笑的事物当中，只有极少部分是可笑的——也有某种隐蔽的东西，某种不正确的东西、错误的东西。所以，可笑的东西往往也有严肃的、往往是凶恶的一面……就譬如团体吧，大多数都是可笑的，但如果它们真的变得虚假可笑，那么它们从根本上讲，也只不过是几千种偶像崇拜当中的一种罢了。我确信，许多社团成员另外还是定期去做礼拜的人，他们都是‘优秀基督徒’，但如果有人要攻击他们的社团章程或者储蓄银行，如果有人随即又从使徒信念中删去一句话，这些人就会千百次地激动不已，也许甚至还会心烦意乱，揭竿而起……这也许只不过是一个例子罢了……所有的东西，不管它们现在在个别情况下叫做风尚、体育、舞蹈、节奏还是电影——或者正如很可能在多数情况下切合实际的叫法：金钱——它们在多数情况下都无异于撒旦精心设置的、差不多已经司空见惯的、幼稚可笑的陷阱。就是这个撒旦将他们那个也许还是健康的核心吃光，利用他们使人们异常缓慢地——整整齐齐地、司空见惯地（要成为野蛮的罪人，大多数人太懒惰，太疲劳，太愚蠢）——离开真理，或者说得更确切些，离开他们曾经拯救过的真理的那一点点残余。如果有朝一日到了这种地步，这些东西都为自己占据了一个位置，它们甚至受到有职责去保卫真理的那些部门的援助，那时候，一切都会自动地继续向前……美会遭到嘲笑，对于美的感受会遭到毁灭，兴趣会遭到鞭笞……要煮一锅稀粥并不难……因此：如果有人一定要成立一个新的团体，那它想必就是‘绝对之物爱好者协会’。不过这种协会已经存在于……教会之中了。”

他微笑着，得出自己那个特殊的结论。其他的人都默不做声，神情严肃。年轻的男人都在为自己着想，默默无言地抽着烟……年轻的女人在呆望着……玛格达勒娜的母亲有些惊奇地看着神甫。苏珊站起身，重新点燃圣母像面前那支不知怎么已经熄掉的蜡烛光。娜塔莉低声说："我想弹点儿什么，"她脸上发红，"如果你们……"大家都点头……她站起身，让坐在书柜旁的海因里希把乐谱递过来……当他用询问的目光望着她时，她说："贝多芬。"当男人们把烟斗放到一边，太阳光猛然透过窗户，射进屋里时，娜塔莉大步走向放在一堵白墙边的三角大钢琴。墙上没有挂装饰性的画像，只有一个巨大的黑色十字架。

逃亡者

他从隐藏处忐忑不安地望着那辆装有刺眼的前灯、在公路上飞驰而过的小汽车。他吓了一跳，仿佛有人突然打了他的脸似的，因为汽车嘎的一声停了下来，动作敏捷地掉过头来，让灯光那无情的光柱慢条斯理、缓缓地扫过田野。树木在非自然的亮光中忽然亮了一下，就好像它们一下子被人唤起，醒悟到一种可怕的生活……灌木简直是被这道发疯的亮光啐了一口唾沫，又重新滑到了黑暗之中，紧接着这道光波便被隐蔽着他的那堵墙所接收。他认为自己已经感觉到这道光仿佛在聚集力量，然后就会从上面漫过摇摇欲坠的墙壁边缘。他头晕目眩，感到一阵剧痛，赶忙闭上眼睛：耀眼的光芒透过墙壁中间的一道裂缝刺进他的眼里……

他听见汽车发动机有规律的隆隆声和男人们的声音，他入迷地倾听着，这时前灯已经熄灭，黑暗又以它那巨大的重量重新降临到他的头上。他从潮湿、冰冷的草地上站起身来，还敢于把头伸出墙外。汽车逆着光停在公路上，他看见两个人的侧影，看来正是向他转过头来。他差不多感到，好像他们已经察觉到他就在这儿……他用自己的双眼看穿昏暗的夜色，就好像他非得去认清他们的面貌不可似的，因为他一定要知道格马特是否在那里。格马特！一想到这个人，他的心跳都停止了！这样一来，他注定要完蛋了。格马特是全县最狡猾的密探，是最卑鄙的吃人老虎！他具有一种简直是超常的本能……两个男人的语调听起来差不多是漫不经心的……是一种平淡死板的嘟囔声。

可是忽然，他听到在黑暗的田野上，在自己右边和左边，响起了阵阵嘈杂声……对，好像是在蹑手蹑脚地走路……简直就是在趿着鞋踢踢踏踏地走……以及实实在在、不可避免的、刺耳的咯吱声，只有当人们从环绕他四周的湿泥地里拔出一只靴子时，才会发出这种声响。我的上帝呀……在这同一瞬间，他猛然想起，他的脑袋就像正对着暗蓝色天空的一个黑球，映在墙壁上，从远处肯定能够看到！他连忙低下头来，由于巨大的恐惧，吓得直喘气。紧接着，在十分之一秒这一瞬间——这时他正尽力清理正在卷起的这团思想和感情的乱麻——一颗子弹从墙沿上呼啸而过，是从公路那边射来的……这是狩猎正式开始的信号。难道说在恐怖刚开始的那一瞬间他就没有听到这种射击声……他忽然变得非常轻松……啊，如此特别的轻松……仿佛他心中冰冷的仇恨已经凝结成一大堆恐惧与困苦。他飞快地但又是小心谨慎地考虑着。现在，面纱已经揭开，他看出了这种手法：他左右两边的人都已经走了过去，他听见两边有几个人的响动声，现在他们已经在他背后……一直到公路上，他们很可能布置了一连串岗哨，在那里站着长有一颗鬼脑袋的格马特，是此人领导这次搜捕……这毫无意义……只要他动一动，他在黑暗中就可以被他们的手枪打穿十个窟窿……他们肯定知道他在哪儿，而他却无法料到他们会在哪儿爬来爬去。他只能往前撞，直插围猎的正中心。半秒钟之后，他脑海中突然冒出一个计划，一个非常简单、极其冒险的计划。但是仇恨却在鼓励他。这是刻骨铭心的仇恨，它具有爱情那么大的能量。他再也不感到寒冷，不感到饥饿，不感到恐惧……只是在那前面的某个地方站着死敌，现在他不得不用一头水牛的力气和一个天才的放肆，向这个敌人撞去……他还听到包围圈在他后面合拢，两个围猎者在果园的围墙后面相遇，用声音很低的一个词接上口令……然后他飞快地祷告，恰似火焰燃起又熄灭。他差不多感到，仿佛他就要露出微笑……是呀，在黑暗中，在密探的包围中简直是对胜利确信无疑的微笑……后来，他举起双手，高高地举过墙头，大声叫喊：“别开枪，格马特，我投降……”他听见围猎者惊奇的叫喊声。紧接着他便很快跳过围墙，朝公路跑去，在跑走时，他还一面哈哈大笑，一面高声大叫：“吹口哨把您的狗都唤回去吧……”

从那里到公路几乎不到一百五十步。他跑得很快，那一帮人还没有回过神来。直到他在黑暗中认出格马特身穿黑制服的巨大身影时……一切都变得比夜晚的蓝色更黑了。他举着双手，高高地举在头上……就连他跳过壕沟时也是如此。后来，他在头灯的灯光下清楚地看到那张冷酷、漠然、清秀漂亮的面孔。他还看到，那张心满意足、挂着一丝笑容的嘴要张开讲话，但他却把全身缩成一团，撞了上去——这是他唯一的武器……用仇恨那难以置信的全部野性，疯狂撞向格马特……他感到撞击犹如一种兴趣，他围着汽车拼命地跑着，还听到——所有这一切他都考虑到了——司机大叫一声从驾驶座上跳了下来。然后他轻手轻脚、小心翼翼地卧倒在公路上，慢慢悠悠、悄然无声地在车下爬行。位置很低的油箱正好有那么大的空间，让他能够看见格马特：他离格马特有两步远，躺在公路那坚硬冰冷的沥青上面。他不得不作出他意志力的最大努力，强忍着他就要哭出声来的那种深沉、可怕的抽泣……他浑身发抖……直冒虚汗……油的气味引得他空空如也的胃十分难受，直想呕吐。

差不多只是为了分散注意力，缓解这种可怕的焦急心情，他望着格马特……此人躺在公路上边呻吟，边咒骂，他的脸在狂怒中变得狰狞可怕……血从后脑勺的一个伤口里流出来，流到灰色、冰冷、暗淡无光的公路上。司机束手无策，手忙脚乱地在为他忙活……试图把他扶起来，在他头下垫了一个汽车坐垫。从黑暗中传来密探们的喊叫声……

格马特站起身来，施特里克曼给他包扎好，递给他几片药，他用酒把药片吞了下去。现在他靠着车子站着。他的靴子，这双时髦、柔软的小靴子，可怜的贡德尔兰德每天早上都必须擦亮的这双靴子，现在就在约瑟夫眼皮底下……他有半秒钟之久感到有一种极大的诱惑，要去抓住它们，把它们从格马特脚上脱下来，使他再一次嘴啃泥……确实，为了让这个魔鬼再摔倒一次，他差不多是有意识地拿自己的生命去冒险了。但是他现在所听到的事情却要求他全神贯注……格马特用他那冷漠的语气，止住了密探们的咒骂和毫无意义的威胁，他生气地说："要是你们少说点废话……马上追捕这条狗……要是那样，我们现在就已经把他……那……那就开一下灯吧，尤普……"看来他拿出了一张地图……密探们的脚步都围绕在他那双漂亮无比的靴子四周。"我们在这儿——在布雷克道夫的出口……那儿是边界。这就是说，如果他想要越过边界，那就非从我们现在这条公路往回走不可……该死的，我的脑袋……这只猪猡，只要我们逮住他……我们非逮住他不可，我给你们说……这个脏东西……"他呻吟了一下，双脚猛然一顿，然后继续往下说，"那么……贝格和施特里克曼，你们就在这儿这个地方和埃尔斯哈根之间来回巡逻……往这儿看……格罗斯卡姆普和施特里希宁斯基在布里克海姆和戈尔德伦之间。我回营地去，让人派增援部队来，然后你们就作好安排，我们要封锁这整个的开阔地带，直至边境……

好吧，你们都清楚啦……该死的，你们好好看看这幅地图……”他又一边呻吟着，一边似乎是去抓他的头，同时发出一连串不堪入耳的咒骂。“出发，”他接着说，“我只等到你们开始行动……毕特勒，你可以掉车头了……”

当马达的隆隆声突然响得更加厉害，整辆车开始抖动时，约瑟夫才醒悟到了可怕的危险……他感觉到恐惧的、怕死的汗水正从他全身的毛孔里渗透出来……他的心跳停止了，他用尽他那双几乎是疲惫不堪的手剩下的最后一点儿力气，紧紧抓住汽车底部的传动杆……紧接着，他把双腿抬起来，用双脚夹住一根管道和汽车底部之间的某个地方。可是他夹得不紧，所以当汽车往后倒，开始转变方向绕行时，他就往后滑，一直滑到公路排水沟边。汽车轮子滑了下去。由于这一撞，他紧紧抱着的双手松开了。他头朝下，双腿在上，紧紧地夹着，无可奈何地吊在汽车下面。这时，汽车轮子马上就转动起来。他抑制住就要从他内心里爆发出来的高声大叫……由于虚弱、激动和濒临死亡的痛苦，他几乎失去知觉。他再一次把身子夹紧，可是对于泪水的流淌，他却无法阻止……大滴大滴热乎乎的泪水从他眼里夺眶而出，泪水的洪流使他双眼变得模糊不清……

他还下意识地感觉到当格马特走上踏板时，汽车在抖动……可是泪水从他眼里却不停地流啊，流啊，就好像失望的那种无穷无尽的痛苦要突破意志的外壳，现在就要跑进这寂然无声的夜色之中……

他无法想起自己什么时候松开了紧紧夹住的手和脚……他感觉到汽车轮子犹如可怕的困境中的最后的一口气，紧贴着他的头飞驰而过。后来他发现自己遍体鳞伤……肮脏……困乏、饥肠辘辘，流过泪的脸上仍然湿漉漉的，躺在坚硬、发亮的公路上。

孑然一身是如此可怕，他差不多已经希望那一群帮凶和狩猎这整个异乎寻常的紧张劲儿又重新回来……

黑暗变成了一团漆黑。夜幕不声不响地、严严实实地覆盖着大地。约瑟夫离开公路，好让他的脚步声不发出大的声响。现在他穿过公路边松软的田地向布雷克道夫走去。啊，他真希望哪怕只有一个小时也好，在某个房子里，在人们当中坐一坐……也许吃点东西，洗一洗……暖和暖和。我的上帝啊，人们，人们……把其他人都视为他好几个月待在铁丝网后面，在刽子手的魔爪之中与之为伍的人……只要一个小时，在增援部队到达之前，他就可以绕过来回巡逻的岗哨，到达边界，在天亮之前，然后……然后在那里也许就有自由……

他一直沿着路边走，现在又全神贯注地注视着夜晚，最后到达那个村庄。不过到的时间肯定已经晚了，没有一个地方还有灯光……黑色的街区依稀可见，黑魆魆地矗立在夜空……树木的轮廓……他路过一个寂然无声的院落，紧挨着灌木丛，刺划破了他的皮肤……然后忽然间，教堂那硕大无朋、阴森恐怖的侧面黑影非常突然、非常可怕地出现在他的面前……这是一个异常安静的广场，四周巨树环绕，那里有一座房子，房里还亮着灯。他小心翼翼、步履缓慢地走着。千万别惹得狗叫……要不然，那些密探就会像狼一样扑到他身上……

他的头痛得要命，仿佛有一只无情的手指在他备受折磨的脑袋里搅动……他的脸被划破了，他全身又湿又脏……他感到很累，很累，以致他每走一步都不得不用力抬起双腿。他终于靠到了黑乎乎的门上，用手去摸门铃。走道上响起尖锐刺耳的铃声，他吓了一跳，他听见敏捷、轻快的脚步声……灯打开了，灯光从门底下透出来……我的上帝，要是他现在正好来到一个党的英雄家里……但是恐怖对于他那业已消耗殆尽的意识再也没有威力，一阵突然感到的恶心似乎要翻肠倒肚……上帝呀，只需要安静，安静和一点点面包……

他跌跌撞撞地穿过打开的房门，感到还有力气对着模模糊糊的人影低声耳语："快……快……把门关上……"

被灯光弄得眼花缭乱，被他的苦难压得精神崩溃，他啜泣着，衣衫褴褛，肮里肮脏地靠墙站着，用他那双痛得眯着的眼睛望着大惊失色的神甫助手。一阵音乐声，一阵逐渐减弱的、忧伤的曲调闯入他的耳膜，仿佛人类对于天堂的整个隐隐约约的渴望都涌进了这一小段音乐里，它甜蜜而又低沉，充满了忧伤。它像死神的子弹击中了他，他如同被人拦腰一砍，一下子就昏倒在地……

当他重新睁开眼睛时，他看到的首先是书……他盯着满墙的书。这些书五颜六色的标题在一盏阅读灯暗淡的灯光下闪耀着柔和的光辉。他感觉到背后有火炉的暖气。他坐在一张沉重、柔软的沙发椅上，坐在上等的软垫上，在他右面是一张又大又平、漆成黑色的写字台。一个友好的男声问道："怎么样？"他惊恐万分地转过头去，看着正向他弯下身来的神甫助手那瘦削、苍白的面孔。他首先感到的是优质烟草和优质肥皂的一股奇妙的气味。这种气味同忏悔室里那种中性的、舒适的气味混合在一起……一双灰白、机灵的大眼睛从脸部白色的表面，向他投来期待的目光。这张脸罩上了一层冷淡的薄薄面纱……这双眼带着一种几乎是公事公办的好奇心注视着他，接踵而来的是第二个问题："到底怎么样？"……可是约瑟夫却精神恍惚地凝视墙纸，凝视着这些豪华、干净、暖和的黄色墙纸……几面墙上挂着一些漂亮美观的版画……一个舒适与温暖、美丽与安全的梦笼罩着整个空间。这与他在集中营借以栖身的棚圈形成如此可怕的对比，使他的眼泪再一次情不自禁地夺眶而出……我的上帝呀，这张沙发椅，既柔软又舒适，用来当座位确确实实特别合适！神甫助手苍白的脸神经质地骤然移向写字台。写字台上有几本打开的书，零散放着一些纸。"怎么？"他又问了一遍，但立即就从他的脸上抹去了这种不耐烦的表情，就好像他感到羞愧似的。约瑟夫慢腾腾地朝他转过头去。

“也许您能够给我一点儿东西吃吧……我还得洗一下……然后……然后……”他很快就站起身来，用一种无可奈何的姿态指着自己下面，“他们在追捕我……过半个小时我就得离开……我的上帝，我是在这儿做梦啦……”他焦急万分地把手攥成一团，全身颤抖地等待着……

神甫助手已经摊开两手，深表歉意地说：“我的女管家……”不过他后来就打住了话头，示意这个可怜的人跟他走，走出房间，到过道上去。约瑟夫蹑手蹑脚地追着他。

“您是从集中营里出来的吧?”他在通往厨房的路上问。约瑟夫用沙哑的声音嘟囔着：“是。”厨房异常干净，人们满可以认为还从来没有在里面煮过东西。它仿佛是只供参观用的……一切都在玻璃制成的电灯光下闪闪发光……看不见一点儿灰尘，四周没有任何地方放着餐具……橱柜都锁着。从炉子的外表可以看出，炉子是冰凉的。“我的上帝，”他摇摇头说，“她总带着钥匙……”可是约瑟夫却从收拾干净的煤箱里拿出一根火钩，嘴角的四周带着一种引人注目的、几乎是玩世不恭的、冷漠的表情，非常干脆地说：“我可以……”神甫助手恐怖万分地转过身来，然而约瑟夫却把他挤到一边，把火钩插进橱柜两扇门之间，用劲一撬，把门打开……他叹着气，用几乎不怀好意的眼光观看那些美味佳肴……

神甫助手面有愠色，其中还掺杂着一种轻微的厌恶。他现在背着动个不停的双手，注视着这个坐在桌旁，简直是狼吞虎咽般大口大口吃着厚厚的、抹着黄油、放上香肠的面包片的人……这个身穿肮里肮脏的斜纹布衣服、衣衫褴褛、蓬头垢面的人十分可怕……那蓬乱肮脏的头发和这双灰色的、特别令人捉摸不透的大眼睛里这种可怕的食欲……在寂静中，除了咀嚼食物的响声之外，听不见任何声音……有时候可以听见一声奇特的擤鼻涕的声音，好像他感冒了，又没有手绢。神甫助手根本无法让自己的目光离开这个人。可是这个人好像根本就不再注意他……

看来，似乎时间已经停了下来，整个世界只剩下这间厨房。现在他正在这间厨房里，心惊胆战地坐在这个流浪汉旁边，而这个流浪汉却在不停地吃啊，吃啊……

约瑟夫左手拿着长面包，右手拿着餐刀，显出犹豫不决的样子……不过后来他却把刀扔到桌子上……把面包推开，站起身来。“您至少能够给我提供一点喝的吧，要不，那您肯定已经像这样干啃过十几片面包了……”他气呼呼地、开门见山地说。然后，他走到浴盆边，准确无误地从嵌进墙里的容器中拿出一块肥皂，开始扑哧扑哧地洗起澡来……就连藏在炉灶背后一块干净布后面的毛巾也被他找到了，就好像他对这个房子里里外外都已了如指掌似的。“干净衣物，现在这也许是最合适的……脚还要洗……”他边放下用来使劲地、简直是兴致勃勃地擦他的脸、揩他的头的那条毛巾，边喃喃自语。他把那块布重新挂上，正要找一把梳子，这时他第一次完完全全看到了神甫助手的脸。“我的上帝，”他用孩子气的惊奇轻声说道，“您不会生我的气吧？”

“不会，”神甫助手气呼呼地冷笑道，“您是我过去还从未遇到过的最可爱的人……”他站在门口等着。约瑟夫摇着头，经过他身边，到了走廊上，向书房走去……当他已经重新坐在沙发椅上时，还在一个劲地摇头……

神甫助手在外面把灯灭掉，又重新把门锁上，现在匆匆忙忙走进屋来，差不多就好像他害怕让这个人独自待着似的。他面部戴着这副罕见的、带有某种强硬态度的面具，就像我们有时候在某些人身上所见到的那样，这些人由于职业上的原因，不得不从事贫民救济工作。

“我还有一些事情得求您……”约瑟夫开口道，他现在讲话的腔调差不多就像公事公办般的冷淡，“首先要一把梳子，因为，也许您理解这种感情，如果一个人洗了澡而不梳头，那他会感到非常奇怪、很不成熟的……谢谢。”他接过黑梳，舒舒服服地梳着头发，“接下来，如果您有的话，是一支香烟……请原谅，还要一口酒……我想，然后我就可以轻轻松松地越过边界……我感到自己很强大，再也不感到害怕了……”神甫助手默默无言地递给他一支香烟和一盒火柴。“现在我明白了，为什么蠢猪一样的帮凶在集中营比我们强得多，因为我们老挨饿，总是肮里肮脏的。”他长长地吸了几口烟，一会儿看看香烟，一会儿又看看指甲，然后非常轻声地说：“请原谅。”接着，便用折断的火柴棍清除手指甲里的脏东西……“这样……现在我感到简直舒服极了……”他慢慢地、全神贯注地打量神甫助手的脸。在神甫助手的脸上浮现出一种深表同情的表情。“我就是现在都真的不知道您为什么生气……”神甫助手霍地一下立起身来，就好像他臀部下面燃起了一团火似的……他在书架前惴惴不安地踱来踱去……他的脸上露出一种罕见的，由恐惧、悲伤、气愤和不安汇成的百感交集的感情……

“本来，”约瑟夫没有得到回答，又继续说，“因为您不给我酒，我甚至感到受了一点儿侮辱……不过客观地看，我真的简直就是一个可爱的人……”神甫助手突然在他面前停下步来，结结巴巴地问：“难道您是……您是……一个刑事犯？”约瑟夫的目光变得严厉，他眯缝着眼，审视着神甫助手：“当然，我犯下了反对这个国家的罪行，我猜想您也有份，犯下了一个罪行。”他瞥了一眼放在写字台上的那些零零散散的草稿纸。“除非您确实拥护您的教士长袍所表示的思想……”

“这件事就不用您操心啦……”神甫助手笑了笑。看来，好像他现在试图至少在这种场合下找到一点幽默。约瑟夫又重复了一下酒的问题；可是神甫助手只报以含含糊糊的微笑……然而现在，当约瑟夫突然站在他面前时，他吓得面如死灰，差一点儿就要叫出声来。当约瑟夫抓住他教士长袍最上面的纽扣时，他做了一个绝望的防御姿势。“好吧，”他轻声，非常轻声地说，“我给您拿酒来……”

可是约瑟夫却怒气冲冲地把香烟啪的一下往写字台上一放，然后又放开了纽扣。“好啦，”他疲倦地挥手示意，“要是您能够明白我想问您要什么酒就好啦……这儿这些宝贝对您到底有什么用？”他用一种野蛮的姿势圈定了一些书，“您从中学到的东西，和您的同僚在五十年前从甜蜜蜜的《学说汇纂》[①]中学到的一样多，我们今天，而且在这儿对这些汇编不屑一顾。”他把拳头砰的一声打在书墙上面……当他看到神甫助手痛苦的面容时，他打住了话头。可是他的话却像一个钻开的源泉般滔滔不绝：“要是你们过于胆小，跳不出浴盆来擦干身子，那你们就像待在装满温热水的浴盆里一样，高枕无忧地处于中间状态……不过你们却不考虑考虑，根据无情的法则，水会变冷的……就像现实会变冷一样……”他的声音失

① 《学说汇纂》为公元前六世纪东罗马皇帝查士丁尼下令汇编的法学家学说汇编，共五十卷，作为法学的基础。

去了责难的口气，现在差不多已经是一种乞求的语调了……他的目光离开神甫助手惊魂未定的眼睛，很快地环视了一下那些书名。“在这儿，”他接着伤心地说，“我一定答应您，罗列我的罪行。”说着，他把一本小册子扔到桌上：“这就是……好啦，再见……”他深深地吸了口气，用最后的一瞥扫视了一下房间，然后跪下身来低声说道：“为我祝福吧，我还有一段危险的路程哩……”神甫合拢双手，在他头上画了一个十字表示祝福。当他想用脸上无可奈何的微笑留住约瑟夫时，约瑟夫却低声说：“不行，请原谅……我现在得走啦……这关系到我的性命……”他离开这座房子前，在黑乎乎的人影头上画了一个十字……

外面黑漆漆的，仿佛黑夜要凝聚成一团似的。在黑暗笼罩下，村庄显得异常低矮，恰似一群野兽在黑沉沉的天空下，被一种死一般的寂静吞食掉了……约瑟夫小心翼翼、绕来绕去地穿过黑魆魆的小巷，以便走上空旷的原野。这时，孤独似乎正以其全部的冷漠来与约瑟夫对抗。在他身后，教堂里钟的当当声响彻夜晚，犹如一种奇妙的安慰，简直就像是最后的问候……钟楼上既洪亮、而且还差不多是欢快地响了四下……然后又沉闷地、重重地响了两下，仿佛上帝的锤子掉进了永恒之中……

在寂静的黑暗中，这些声响宛如在提醒人们要有信心……

他很快就可以区分土地的表面和依稀可见的障碍物……可以区

分矮树和灌木以及壕沟了……当他本能地保持横穿公路的那条街道的方向时，他只能凭感觉……可他几乎什么东西都感觉不到。他的心里充满着寂静，充满着受苦受难者无穷无尽的寂静，在整个的苍穹之下对于这种寂静没有回答，没有回答作为上帝的预告，可是在整个人世间，在凡是有人为了十字架的缘故受苦受难的地方，这种上帝的预告却是在到处散布的啊……他离所有的仇恨和所有的苦难是如此遥远，如此遥远，以致默祷在他看来，犹如寂然无声的、圣洁的火焰。这些火焰从信仰、希望和仁爱的园圃里显现出来，像花儿一样纯洁、美丽……

他横穿树林时，小心翼翼地，一根树干、一根树干地摸着走，以免在黑暗中碰着了。当他进入开阔地时，他看到了灯光。在他右边，在阴森、遥远的地方，矗立着一个映照着黄色灯光的巨大建筑物，一个用钢铁支柱支撑着的骨架……在那后面是高炉红红的血盆大口在发出红光，就像地狱的入口处在喷着火焰。我的上帝，这肯定就是戈尔德伦的工厂！紧靠那后面就是边界！这差不多还不到半个小时路程……在他前面，地势往下倾斜，下面是一行树木，他凭借灯光的反光，从远处认出了这些树木的轮廓。他看见这一行树木向远处伸去……穿过黑魆魆的地面，伸向工厂。那很可能是一条公路，在公路的另一侧，一切都笼罩在黑暗之中，那儿看来似乎是一座巨大的树林在向远处延伸，也许一直延伸到边界那面去……

他只能听见从高炉和矿井传来的一种非常遥远的、几乎是含糊不清的、碾磨东西的声响，除此而外，什么也听不见……

他面前的地面看来似乎非常平坦，这是一块没有树木和灌木的草地。他往左面走了几步……不过就连那里也没有可能在夜色的掩护下来到公路上。他越来越清楚地看到在那下面，在公路黑乎乎的路基上面那凝然不动的一行树木……这差不多就像在那下面插上了一排永无尽头的牙齿。恐惧又一次侵袭着他，它疯狂地、嘲讽般地摇撼着他那冷静沉着的外表……现在他感到，仿佛自己认清了黑夜这副面孔上一张咧着的大嘴那可怕的冷笑……他干脆跑了起来，几乎是在树上重重地撞来撞去，而向下倾斜的草地也好像要一口把他吞下去。他无法看清草地有多陡……

紧接着，就像天空被撕成两半似的，探照灯刺眼的光束正好在他面前突然射向天空，仿佛探照灯被他吸引过来了。他像被人打了一下，在奔跑当中栽倒了……这一击把他的下巴打得疼痛难忍。他的脸钻进了酸涩刺鼻、潮湿冰凉的地里，而这时探照灯犹如一条巨大的黄色鞭子，在他头上上下闪动。他钻进地里，听不见盘问口令。紧接着，一梭子弹就像不祥的汩汩声在他面前向地里飞去……弹头噼噼啪啪地钻进地里。他躺在那儿，被要命的探照灯牢牢地钉住，就像埋设的一个目标那样，躺在向下倾斜的草地上……在接踵而来的一梭子弹将他打得满身窟窿、血肉横飞之前……他叫着……

喊着……他在孤独寂寞中叫得如此大声，好像天都要塌下来似的。他还抬了一下头，睁着被照花了的眼睛大叫大喊着……可是从吐着火舌的嘴里随后发出的一击结束了他的叫喊……

现在万籁俱寂，帮凶们站在他的四周，用手电筒照着他身体的碎片。他同这片土地十分相似，人们简直可以认为土地本身也浸透着鲜血……

"对……这就是他。"一个满不在乎的声音说……

巴黎“被俘”记

赖因哈德以军人令人叫绝的冷静，把军需官被打得破烂不堪的汽车仔细认真地抢劫一空。最后撤退的人早就在犹如扇子一般向四面八方辐射开去的街道上消失不见了。既听不到，也看不见任何一点儿关于敌人的情况……被枪弹打得百孔千疮的公园在寂然无声、孤苦伶仃地苦思冥想，房屋正面裂着大口，犹如一个阴森恐怖、空空如也的舞台……窗帘从一些窗户里野蛮地、简直是急不可待地向外飘动着，人们几乎可以相信，听到了地下室里那些人心惊胆战的呼吸声。这些人不敢相信，在攻击临结束前的一阵吵吵嚷嚷之后，会有这种可怕的寂静。广场平坦的一面紧靠公园……街道就像高贵、纤细的手指，从扇子的连接处辐射出去……现在，广场的这个半圆圈，扇子的这个连接处，钢盔、防毒面具和被捣毁的步枪比比皆是……阳光灿烂、喜气洋洋的天空，像预兆似的笼罩着这座无比美丽的城市，它的光彩和美丽似乎要将人们从无数窗户当中的每一个窗户里吸引出来。在交通壕纵横交错的草地那绿色、柔软和杂草丛生的地面上，在武器装备的碎片之间……躺着一些尸体，一些身穿褐色制服的尸体……人们也许会认为，一场革命的间歇业已开始。这场革命把它的焦点转移到了另一个城区，它似乎把一切生命都吸到那里去了……当草地上的尸体像要凝结成永恒的哭泣般紧紧贴着地面时，夏季温情脉脉的微风在林荫大道树下轻软吹拂着，犹如受到愉快的亲吻……

现在，赖因哈德把他的武器和工具扔到击毁的汽车旁边，在胡乱旋转着的纸板当中寻找着……他找到在漫长、漫长的战争岁月里从未见到过的珍品。有神奇无比的香烟和肥皂，它们的香气本身，也许就足以意味着和平……有巧克力和饼干……有极为贵重的衣物。他用令人难以理解的速度，脱下他那肮里肮脏、浸透汗水的衬衣，现在舒舒服服地感到有一件新的丝织衬衣套在他的身上。然后他有条不紊地塞着，以便尽可能多装一些东西，口袋塞满了……在珍品中这样毫无选择地胡乱翻寻是一种幸运的、欣喜若狂的感觉。他在疯狂、美妙的感受中意识到，战争，这场残酷的、看来似乎无休无止的战争现在开始土崩瓦解……它在无情地流失，像被太阳金色鞭子的鞭笞驱散的那一层灰色浓云般消散……战争正在土崩瓦解。赖因哈德感到他好像被人用螺钉密不透风地固定在一个巨大的钢盖下面，如今这个钢盖忽然揭开了，他出现在阳光和空气之中，蓝天之下，怀着自由的一种热切、深厚的感情呼吸着，呼吸着……

他抽着他那精制的香烟，让蓝色的烟雾升上清新的空气之中。他想到他的妻子，啊，他很快就会见到她了，生活很快就会开始。他一面笑着，一面把几包香烟扔回车里去，好为她，为这个娇小、甜蜜的情人再装一块价值昂贵的公主肥皂……然后他弯下身去拾起皮带，把臃肿、摇晃的髋部捆紧……可是在接踵而来的一瞬间，他却呼吸急促地躺着，紧贴在冒着热气和臭气的沥青上面……

从草地后面的小树林里，以极快的速度、宽广的阵势，钻出一支载着身穿黄军装士兵的、飞驶着的小汽车车队，这些士兵边盲目开着枪，边接近半圆圈……当汽车的一块玻璃被一颗子弹击中，啪的一声在他头上裂成碎片时，就连寂静最后的残余也已消失殆尽……突然向他袭来的恐惧紧紧地抓住他，妨碍他去冷静地回顾。他那双突然变得模糊起来的眼睛，除了广场那个无法从上面逃跑的、无情的光滑地面之外，什么也看不见。那些黄色小汽车到达林荫大道，就像一群矮小敏捷、狂吠不停的野狗，它们聚集在半圆圈里，随后便向各条街道分散开去……其中有一辆车从赖因哈德头边擦身而过，可是赖因哈德早就用那种既是防御、同时又是拥抱的姿势蜷缩成一团，他在死人身上经常见到这种姿势……保养得很好的坦克的令人愉快的隆隆声从草地那边传来，越来越近，现在他才敢匆匆忙忙瞟一眼压成平板的履带。当他看清楚正在向前推进的一队队步兵时，他知道，现在是采取行动的时候了……战争机器犹如残酷的帷幕，一会儿打开，一会儿关上……在这些恰似救命峡谷的街道往外延伸的那个方向后面很远的某个地方，是他妻子娇小可爱的脸庞……他躲在被打毁的汽车后面跪起身来，用一个疯子的一种简直是滑稽可笑、难以置信的速度，突然向最近的街口飞奔而去……可是当他还未觉察到时，一辆坦克后面跟着一队步兵，已经推进到了街道上……坦克榴弹的残酷飞舞忽然一下子使他摆脱了盲目逃跑时不知所措的恐惧。坦克榴弹像一只恐怖的飞鸟，紧贴着他的头顶一掠而过，紧接着，随着一声可怕的巨响，便在一栋房屋正面爆炸开来……他趴下身子，被恐惧弄得惊惶失措，继续往前爬。这时，继续发射的榴弹犹如一个怒气冲天、无法遏制的人的拳头，雨点般向他倾泻而来……他头上一再响起这种呼啸而过的嗖嗖声，然后是爆炸的轰隆声，这种轰隆声就像在屋子里一样，在街道上发出回音……走到街口那十二米犹如横在生死之间的一道可怕的永久界线。他跳起身，飞快地向前跑，好像跑进生命敞开的怀抱那样，跑进一条街道……随风飘动的窗帘、打开的窗户和擦坏的房屋正面像梦一样伴随着他……而这几秒钟也如同他必须力争制服、尽力通过的恐惧的巨大波峰。他环顾四周，看见黄色怪物的炮管像默然不语、咄咄逼人的大象鼻子环绕着街口。他感到随行士兵的沉寂就像是一种非常特殊的暴行。这些士兵占据最近的房屋入口，用带鼻音的语言向他喊话，要他投降。然后，接踵而来的枪弹便在他肩旁呼啸而过，使他感到一股寒气。弹头不偏不斜，从正中击穿了一个巨大的橱窗。随着一阵尖锐刺耳、令人恐惧的怪笑，橱窗裂成了碎片……他又卧倒在地……他爬着，身子弯来弯去，像一只野兽似的突然变换方向……他在步兵枪弹差不多是甜蜜的歌唱声和坦克令人厌恶的射击声伴奏下，汗流浃背、精疲力竭、肮里肮脏地爬到街道边缘……当士兵们从一个房屋入口挨着一个房屋入口地跳来跳去时，面目可憎的黄色怪物正隆隆驶来……叫喊声和臭气，还有嘈杂声、喧嚷声越来越近……他怀着满腔的怒火，正打算向一扇房门撞去，这时正好从对面地下室的窟窿里射出一颗子弹，擦过他的胳膊，在墙壁上弹了回来，随即又发出咄咄逼人的呼啸声，嗖的一下横着飞向无穷无尽的远方。这时他卧倒在地，完全绝望，差不多已经想要缴械投降……然后又沿着街道继续往上爬……每一秒钟在眼前都出现可爱的、可爱的娇小脸庞……这时右面突然出现一条窄窄的交叉路……他冲进小巷，犹如陷进万丈深渊……他大叫一声。由于精疲力竭，他变得什么也看不见。尽管天高云淡，碧空万里，他却几乎是在摸索着爬到最近的一个门口，而这时，娇小的脸庞变得大大的，正在微笑着。他好像对这座房子在好多年前就已熟悉，不用去寻找就找到了用来锁门的插销，用肩膀轻而易举地就把门给挤坏了。然后他默不做声地倚门伫立，屏息谛听……他从被打得百孔千疮的汽车后面跳起身来，不假思索地仿佛向着可爱的脸庞跑去，从那时到现在几乎还不到一分钟……

他因为气得发狂而脸色苍白，感到冷得要命，四肢发抖。他听到坦克驶来的隆隆声……听到几声……从地下室发出来的叫喊和那些士兵用他们粗野的、仿佛是慢慢吞吞、含混不清的语言作出的回答，他自以为甚至听到了他那双橡胶鞋底令人窒息的沉寂。可是，他却仿佛被恐惧牢牢钉住。这时，外面的街道看来似乎正在苏醒，差不多就好像只有他一个人，也就是他的出现在威胁着这条街道似的。

就像我们在最危险的时候几乎要脱口而出的喊叫那样，一声很低的、恐惧的惊呼把他从麻木状态中唤醒……他惊恐万分地转过身，看见在长廊的暮色中有一个身材苗条、一头黑发的年轻妇女……她伸出双手来进行防卫，这显得非常不现实，她非常柔弱，身上罩着一件粉红色的衣服。

在走道逐渐模糊起来的昏暗中，她的手、脸和衣服几乎都是一个平面，只有头发上的黑色污渍栩栩如生、确定不移地耸立在灰色的、犹如臆造出来的空气中……惊恐的表情逐渐消失……她慢慢走过来，她的脸真实而年轻，依旧忧心忡忡地消失在通过门上乳白色的玻璃透进走道的光亮之中。赖因哈德露出这样一种迫不及待、十分危急的沉默的表情，致使她不由自主、轻手轻脚地出场……当他用耳朵急切、入迷地谛听外面的情况，仿佛要从外面那大量的嘈杂声中听出他的命运来时……他的双眼在研究这位年轻妇女可爱的脸庞。他从她目光的仁慈善良中看出她并不想逼迫他走向毁灭。这时，他差不多只是想证实一下，于是便飞快地看了一眼她整个的面部……柔嫩娇小、由于恐惧依然稍微向下低垂的嘴，稚气可爱的额头……漂亮的鼻子和灵巧的下巴，一切都由乌黑头发的框架压缩到一个小小的白色平面上……然后他把目光转过去，就好像他要钻进乳白色玻璃似的。使她感到惊奇的是他用流利的法语，声音沙哑地低声耳语道："如果您想帮助我的话，就设法给我搞到衣服……"她最初显得莫名其妙，用惊奇的目光瞟了他一眼，然后便悄悄地退回到走廊里去了……他双手紧紧相握，以便克制住他那疯狂的、疯狂的激动，因为他听到隔壁有人在敲门……他用颤抖的双手从口袋里艰难地掏出一支香烟，接着又被燃起火焰的火柴摩擦声吓了一大跳。他很快就默然感到，女郎穿过走廊回来时的那种沉寂，犹如一种美妙异常的爱抚……他不假思索，赶忙收拾好她递给他的包裹，跑进走廊的昏暗之中，开始急急忙忙换衣服……这好像是命运的一种安排，他身上已经穿着一件柔软的白绸衬衣，因为他看来忘了这件内衣。可是已经有人在用枪托狠狠地、很不耐烦地打门了。他全身发抖，因为他感到门闩很不结实。不过这时他却听到女郎的声音。当他听到这温柔可爱、但又异常冷静的声音时，他知道自己得救了。她气呼呼地说："等一下，先生，我得先把衣服穿好……”然后，她又用几句英语把这个意思重复了一遍。紧接着便是一阵粗野下流、叽哩咕噜的回答，人们听到一阵伴随着咧嘴狞笑的下流话，却听不懂这些话的意思……不过赖因哈德已经换好衣服。穿上这些衣服，仿佛就有了一种使他陶醉的、美妙轻松的、自由的感觉。他摸索着走向地下室门口，把肮脏的破烂儿顺着梯子往下扔，然后穿着短袜跑向门口。女郎边笑着，边打量他。他还低声耳语般地问了她一句："难道您真的一个人在屋里?"当她点头时，他从容不迫地打开门闩……一个简直在各个方面都尽善尽美的、异常巨大的身影，一张稚气的、毫无雕凿痕迹的面孔，和这个用法语既狼狈不堪、同时又以咄咄逼人的口气提出来的问题："德国士兵……没看见吗?"既然他这个问题是针对这位女郎的，所以她也就从容不迫地回答"没有"，而且还摇摇头。后来他把目光重重地、审视般地投向这个人，差不多就像把巨大的拳头放到肩膀上似的。这时，她继续说道："这是我丈夫，他是……"不过她要说的"哑巴"这个词被赖因哈德用和蔼可亲的方式截住了。赖因哈德装出非常自豪的样子，把额上的头发往上一撩，让人看见一个还泛着红色的、很宽的伤疤。这个伤疤犹如一道刀伤横在太阳穴。"我受伤了，同志……在运河上面……在……"他把手伸进上衣口袋，似乎想从里面找出证件来。"志愿军团士兵，"他还在喃喃自语，可是那个巨人如果说可能曾经怀疑过的话，那么现在看来似乎已经被漂亮的法语给说服了。他一边微笑着，问候着，道着歉，一边拿起帽子。当他转过身，把他的肩膀往门口伸出去时，他的动作真是无与伦比的标致。“这不是欧洲。”女郎轻声说道……然后便是这两人单独在一起……

在困境与同情仿佛一种推动力暂时沉醉于这出小小的戏剧之后，她首先感到的是难为情。赖因哈德擦着满是汗水的额头，拼命地吸着还在燃着的香烟……他依然认为几乎是在做梦，因为这是一种永恒，是浓缩在几分钟之内向他袭来的永恒。他用一种无可奈何的微笑悲伤地问：“怎么啦？”……从他一面梦着和平，一面待在汽车残骸边……在午后的寂静中徒劳无益地站着到现在，可能还不到五分钟光景……如今，他无可奈何、可怜巴巴地站在这个昏暗、凉爽的走廊里，在这位陌生女郎身边，在他落难时……在极大的不幸之中，看到她那高贵的美，使他感到惊异……

女郎的面部露出冷漠和拒绝的表情，他仿佛现在才看清她在激动时的所作所为。当这座房子异乎寻常的寂静由于街道的喧嚣更加明显，使他们之间感到陌生和压抑时，她似乎是在沉思默想……

最后，她终于用一种无可奈何的动作重新把门闩插在门上，进入走廊，然后冷冷地说：“您来。”……当她在走廊尽头打开一道门走进屋时，她的动作差不多是一种职业性的习惯动作，就好像她是在把他当作一位顾客，领进医生的门诊室或者律师的接待室。他犹如一个被判决的犯人那样神情沮丧地跟随着她……

一股昏暗、美观、稍微有点儿拥挤的房间的气味含情脉脉地、差不多是和蔼可亲地向他迎面扑来，好像它真的就是这位妇女本质的一种表达方式似的……他惊恐万分地感到，他越来越、越来越被她的美所吸引，差不多就像困境和痛苦要将他无情地逼到堕落的边缘一样。他轻轻地关上门。她坐着，双手撑在沙发椅上；他站着，身子靠在一张餐具柜上。“您坐下。”她差不多是气呼呼地说……他乖乖地坐下。当他坐下时，他发觉裤子真是太合身了。他在想，真可笑……女郎的脸犹如一块不透明的玻璃，忽然抬了起来，对着他。她那双灰蒙蒙的大眼睛神情忧伤，没有丝毫恼怒的样子。她轻声说着，仿佛在自言自语：“您知道吗，我刚才在想，您也许就会成为在前线杀死我丈夫的人。”赖因哈德有气无力地摇摇头：“夫人，在这场战争中我再也不会杀人了。”“这种事您就那么清楚？”她几乎在用一种恳求的口气轻声说，“您知道，命运会怎样摆布您……它会用什么方式使您处于一种什么样的境地，那时候，也许关系到您的性命。如果您开枪……往什么地方开枪……在那里就不会是我的丈夫？您到底还是想回德国吧？”赖因哈德满脸通红：“我想回到我妻子身边。”她匆匆地瞥了一眼他的结婚戒指：“离战争结束还早着哩，再说……谁会相信一个德国人呢？”她用审视的目光注视着他，就好像她真的要研究他似的。“我真该把您交出去，”她几乎是单调乏味地继续说道，“这大概不会送掉您的性命吧……要是罗伯特不能再回到家来，我这一辈子都会认为，我是杀害他的凶手，更何况，”她忽然会心地嫣然一笑，“我爱罗伯特胜过自己的生命。”他感到自己面如死灰……这种感觉怪诞陌生、威力无穷，看来进行任何一种抵抗都不可能……他心中充满着对坐在面前这位女郎的眷恋之情，这种感情差不多像隐藏的悲伤那样滑入他的心房。他觉得，好像他妻子美丽的脸庞在向他微笑，满怀着怜悯和深情……啊，他痛苦，痛苦又失望……在各种障碍之间被人俘获……“夫人，您就命令我，我该做什么呢？”他激动得声音沙哑地说，“依我看，您尽可以把我当作俘虏，像一只动物那样关在地下室……要不，我也可以马上离开您的房子，混到人群当中去。”说完，他站起身……啊，他想逃跑，逃跑。可是在同一瞬间，街道上响起了一阵嘈杂声，犹如直往上蹿的龙卷风一般……听得见叫喊声……敲打门窗的声音……女郎哗的一下打开邻室的房门，跑到窗前，气喘吁吁地通过窗帘缝，向外张望……仓皇逃避的黄色人影急急忙忙沿着街道往下走，可是就在同一瞬间，德军机枪的一梭子弹像一把看不见的铁扫帚，发疯似的扫过街道……这一梭恶魔般迅速射出的枪弹犹如地地道道的毁灭之水汩汩流进街道的峡谷……所有的房屋又重新显得十分荒凉、空旷，房屋正面又一次充满了恐惧，呆呆地望着。赖因哈德气得一面发抖，一面摇头。“他们真是疯啦。”他用德语喃喃自语道……并没有理会这时女郎正带着怀疑的心情在倾听。

当第一个灰色、肮脏、满身灰尘的人绕过拐角时，他真吓得魂不附体。他认识这张玩世不恭的雇佣兵的面孔……这是格罗特，他把细长的黑色机枪像一只娇嫩、危险的动物那样挟在腋下……格罗特是一个能干的小伙子，他往往在开小差和在脖子上挂上最异乎寻常的勋章这一可能性之间摇摆不定……然而这种思想却是可怜呀可怜。他的心在疯狂地、具有挑战性地跳动着，他把一切的一切都抛到了九霄云外……他根本就不会感到自己身上正穿着某个平民轻便、柔软的衣服……这支军队整个的灰色失望的情绪又重新压在他的肩上……他没有留心这位女郎，便慢慢地、慢慢地走出房间，到了走廊上……一阵沉闷的咚咚咚的敲门声把他从苦思冥想、模模糊糊的渴望中唤醒。他跑了几步，哗的一声打开房门，把一个昏倒在地、身穿黄制服的人拖进千分之一秒钟以前一群灰军衣士兵从拐角一闪而过的走廊……疯狂的子弹又呼啸着，穿过狭窄的街道……

赖因哈德俯下身去看这个精疲力竭的人，可是那位急急忙忙赶来的女郎却狠狠地抓住他的肩膀，大声叫喊："他杀死了他。"……赖因哈德望着她，把双手从疲乏不堪者的胸部拿开，在他可怜的目光中，不可名状的惊讶同可怕的悲伤交织在一起……他用他那双黑眼睛盯着这张泛着红晕的、娇嫩的脸，轻声说着，仿佛他不相信他自己的话似的："难道您真的认为我是猪猡，夫人……"然后他慢慢解开上衣纽扣，解下皮带，把沉重的身躯抱在腋下，拖进房间……女郎步履缓慢，两只胳膊无可奈何地下垂着，跟在他后面。他感到在自己背后有这位女郎默然不语的存在，她的在场既使人感到甜滋滋的，同时又令人感到压力，简直就像是她在把他当作一堵无比温顺的墙壁，一步步逼向深渊。就是在这种情况下，他用小心谨慎的双手给陌生人检查身体。这是一张苍白的、差不多已经发黄的孩子的脸，因为害怕，变得难看……因为精疲力竭，已经麻木……一双胖乎乎的小手……一头浓密的棕色童发令人动容……他找不到身上的伤口；他的心跳虽然微弱，却有规律……也许这个小家伙真的只是睡着了。赖因哈德慢慢转过身来，他的目光怯生生地掠过那张绯红的脸庞，这张脸上充满青春活力的、完全变了样的、甜蜜的羞涩使他无比激动，他把脸转向门口说："我找不到伤口……"可她只是结结巴巴地说："对不起……"现在他不得不看着她……所有陌生和冷漠的表情都从她身上消失殆尽。在他看来，她既是那么亲切熟悉，又是那么美艳销魂，这使他大吃一惊。他微笑着，大胆地抓住她伸出来的手，紧紧地握住它，以免感到血液的飞快循环。紧接着他就说："您没有任何东西需要我原谅的，夫人……"

他们俩都感到这个矮小、可怜、陌生的士兵犹如天赐的礼物……要是他们单独在一起的话，他们会怎么样呢？人们听到外面，在重新到来的寂静中靴子踏在街上的沉重的脚步声，机枪的哒哒声已经离得更远，很可能已经在下面的公园入口处，在被击毁的汽车所在地。这时，她给赖因哈德拿着碗，赖因哈德洗过小家伙的脸，把他小心翼翼地安顿好，再仔细听了一下他心脏微弱的跳动。现在他们彼此可以自由打量对方而不用害怕，不用脸红了……这是他们眼神中愉快表现的某种喜悦。他们俩都明白，他们必须在内心深处进行一场相互间反对自己本人、维护忠诚的火热的斗争……机枪在下面公园的某个地方又重新哒哒哒地响了起来，就好像某种东西飞快地掠过上千颗锋利的小牙齿似的。赖因哈德猛然直起身来，仿佛他被一梭子弹击中了心脏……某种无法控制的欲望把他同外面那些可怜的灰军装士兵联系在一起。他有这种感觉，好像他必须迅速地，以令人难忘的方式，像扯断一根神秘莫测的脐带那样，脱离那种联系……他挺着身子，把布片放到一边说："我认为，要是我现在把自己的军服毁掉，这倒是有必要的……我不得不让您单独待一会儿了。"她惊奇地、有点儿惶恐不安地看着他。"那要是德——您的同胞抓住您呢?"赖因哈德把脸转向门口。"我不是躲美国人，也不是躲德国人，夫人，而是逃避战争……另外，我相信美国人今晚上就会成为这座城市的主人……"

这是一种并不正大光明的、可怕的勾当……这时，他在地下室里把七零八落、残缺不全地悬挂着勋章的那些可怜的蹩脚衣服上的东西取下来，然后把衣服捆好……在他看来，这简直就是一种可怕的盗尸行径，他就像完成一件虽然必要却可怕的事情那样，试图匆匆忙忙地赶快了结这件事情……这简直就像掩埋一个被谋杀的人……当他将那包衣服在垃圾桶中深深地埋在垃圾下面之后，又快步走上楼梯时，他感觉到，好像他洗自己那双手要洗好久、好久，可是却永远、永远也洗不干净……他感到具有其残酷的必然性的战争比任何时候都更可怕……

当他发现那位女郎在客厅里面坐在陌生人身边，被这种甜滋滋的香烟味环绕着时，一种诸如妒忌之类的情感在他心中油然而生。但在同一瞬间，他却为自己愚蠢的行为感到羞愧，好像他又重新玷污了自己。她在薄薄的粉红色夏装外面套上了一件蓝色短上衣……他感到好像应该把自己的胳膊套住，免得去把她抢过来。他迫不得已向业已苏醒过来的、年轻的陌生人问好。这个人那种极为稚气的、同时又是堕落的目光彬彬有礼地、但却带着一个士兵对于这个躲在家里的平民百姓的那种胜利者居高临下的神气，向他问好。“Merci。①”他笨嘴拙舌地说着，微笑着递给他一包香烟，然后他转向女郎，叽里咕噜地对她说着一句无法听懂的话。人们从这句话中能够听出一些单个的词语……发疯的……德国人……该死的……畜生。紧接着，他猛然转过身来对着赖因哈德，用结结巴巴的法语

① 法语：谢谢。

问："他们还为什么东西战斗，这些德国人……"他漫不经心地指着外面，在那里机枪又开始了它那沙哑的、咄咄逼人的哒哒声。赖因哈德用怀疑的眼光看了这个又看那个，可是女郎却用轻轻的摇头来安慰他……一种同盟的悄然无声的、温柔的暗示使他激动得禁不住打了一个寒战。整个房子忽然被一阵强烈的爆炸震得摇摇晃晃。一梭梭子弹接二连三噼噼啪啪地飞向这个城区……女郎面色苍白地从座位上跳起身来，浑身颤抖着，靠在墙上。赖因哈德走到她面前，抓着她的胳膊，平心静气地说："您不会出任何事，夫人，这是大炮……不，不，您相信我吧，您完全可以放心……"说完，他用审视的目光俯视陌生人的面部，可是这个陌生人却在最初的惊骇中露出一种胜利者的微笑，叫嚷着："我们的……我们的……"有几发榴弹带着可怕的轰隆声再一次在房屋与房屋之间爆炸开来，然后可以听到正在驶来的坦克那沉闷的隆隆声，以及坦克上的大炮断断续续的轰鸣。这种轰鸣好比突然爆炸发出的声音，接踵而来的是弹着点碎裂的噼啪声……这仅仅持续了几分钟。这时他们又可以躲在窗帘后面看德国人的灰色人影怎样沿着街道往下逃跑了……这是他们经历当中的一种可怕的漠不关心……

坦克又路过拐角，沿着街道往上驶去。小个子陌生人有一张苍白的娃娃脸。他微笑着，把一块巧克力放到桌上，同他们俩紧紧握手，然后离开了这座房子……房屋的寂静又重新、重新降临到现在单独在一起的这两个人头上……

赖因哈德走到小家伙打开着的门前，在关门之前，他只有片刻工夫把头伸出门外。他感受到降临这座美丽的、无与伦比的城市的夜晚那淡淡的、充满苦涩味的凉意以及它那亲切的夏日气息。他没有直接离开这座房子，而是走了回来，步履缓慢而艰难地回到变得更加暗淡无光、更加模糊不清的昏暗之中，这也许就是他一生巨大的、巨大的罪过吧……

女郎两臂交叉，站在洞开的窗户前眺望夜景，望着花园的方向……这仿佛一出可笑的戏剧，吵吵嚷嚷的嘈杂声现在又在大街上尖锐刺耳、兴奋激动地响了起来……人们也许会以为这个变换不停的把戏会一直持续到永远哩……

女郎好像要躲避她自己似的，赖因哈德又走进屋时，她站在窗子的一个壁龛里，也不环顾四周，只是仰望夜空。夜空的蔚蓝色现在染上了淡紫色和玫瑰色的淡淡色调，像一顶柔软的帐篷，笼罩着这美好的、行将结束的夏日。然而正是在这一天，却有那么多的人在战争的残酷拥抱中死去……虽然微风的吹拂依旧轻柔、惬意，但她却似乎感到冷得发抖。她把一件用细羊毛编织的披风披在肩上，把它扣好。她那张苍白的面孔连同红红的小嘴唇看来差不多已经消失……尽管外面白昼仍然晴朗，但屋里已漆黑一团……白昼如同巴黎这座无与伦比的城市一样晴朗、友好和美丽，可是在这座城市，战争甚嚣尘上的喧嚷正在继续进行……赖因哈德着了魔似的望着她。他想，我还要看她半秒钟，只是想看看……然后我就要悄悄地赶快溜走，我要跑啊，跑啊，一直到我远方情人的临近，在我心中将这使人憔悴的可怕火焰扑灭时为止……

可是女郎仿佛如梦初醒似的，猛然一下转过身来，轻声说道："天完完全全、完完全全黑下来时，您必须穿过这儿这些花园离开这栋房子……您相信我吧，您走进这栋房子时，有上千只眼睛看到过您，而且任何一只眼睛都会认出您来。因此人们肯定会以为您不在这儿了，因为这里可是进行过搜查的啊……"他惊恐万分地反对道："这样一来我还得在这儿等好几个钟头……"他感到自己既意识到对于自身的巨大恐惧，又同时意识到狂热的愿望和拒绝的想法。他不得不佩服她那爽朗的微笑。这时她说："难道您以为天黑之前还要当我的俘虏是那么可怕的事情……"她苦笑着，然后接着说，"不过您要等一下……"她从他身边走过，他听到她离开这座房子……

他舒了一口气。啊，他是如此软弱，如此愚蠢，竟然无法在这位漂亮女郎身边坐上两个小时，却又不致无情地堕入负心的可怕罪孽之中……啊，他并没有将那可爱的脸庞放在心间，安然无恙地通过所有的危险和诱惑，通过战争所有的、无穷无尽的痛苦，他现在应当放弃它……而且是在他并不心甘情愿的情况下……受到笼罩在这座城市上空那种面临灾难的低沉、甜蜜情绪的引诱……难道说他就在这栋房子的昏暗中被俘虏了？啊，如果他现在为了一个愚蠢的弱点，就把他逃跑的全部幸运都孤注一掷，那也许才是真正的愚不可及……他微笑着点燃一支美国人的香烟，咔嚓一声打开电灯……可是看起来，好像也不可能把这种昏暗，这种甜蜜的失望从温暖、明亮、辉煌的灯光里驱走……昏暗弥漫在家具之间，充斥于空隙里，它甚至高悬在电灯红色灯罩的上面……它是使他心醉神迷的、失望的甜蜜气味。这种情感既恐怖又甜蜜地流进来，仿佛这座漂亮城市的愉快面貌在差不多失去理智的柔情蜜意中化为乌有……既模模糊糊，又有吸引力，就像被毁灭的烟雾所缭绕……

现在，战斗的怒吼声在城里不断蔓延……有时候会沉默片刻，但紧接着又会重新响起，恰似低沉、短促的喇叭声……从嘈杂声中可以轻而易举、清清楚楚地觉察到战斗正在继续进行。人们简直可以感到，进行越来越向纵深方面发展……感到灰军装士兵的抵抗正在减弱……在帷幕从上面掠过的街道上，生命的喧嚷声正在增强……

夜晚慢慢地，但却是不断地用它那蓝色的阴影来填塞白昼最后的亮光……夜晚似乎和善、温柔，像晴朗的白昼的一个更为阴暗的姊妹那样，亲切友好地降临大地。它好像确确实实在对这座美丽的大城市微笑，兴高采烈地把它那巨大的深蓝色大衣盖在这座城市上面，仿佛不可能对这座城市生气似的……这是一种寂然无声、充满深情、无法溢于言表的含情脉脉的拥抱……它既不鬼鬼祟祟，也不顾及那些在痛苦中站在一边，在渴望的怀抱中哭泣着、哭泣着的人可怜的心灵……

赖因哈德又把灯关掉……大概有片刻工夫，仿佛一团漆黑，不过很快，最后的亮光就从开着的窗户射进室内的沉沉暮色之中……那些窗户犹如监狱里的一口令人舒服的窨井……柔和的红光从那里射进来，它似乎同夜晚那种乱糟糟的、但同时又是刺鼻的、甜滋滋的气味融为一体，既是气，又是光，它们在林荫大道安静的树下嬉戏……它们奔向那个躲在窗帘后面气喘吁吁的年轻人。它们遇到他，犹如遇到一个只是玩玩而已、并不以身相许的漂亮女郎可怕的柔情蜜意……他呻吟着，仿佛他生命的血液正从他身上涌流而出。他感到自己的痛苦，感到自己在这个陌生的、敌对的城市被人彻底遗弃，这就好比一个巨大的伤口，感觉遭到这类不可避免的谄媚的鞭笞……仿佛他被人用链子拴在这种没有生命的游戏上似的。他脱开身子，穿过昏暗，踉踉跄跄地向门口跑去，哗的一下打开房门，跑到门口，然后沿着走廊往下跑……可是不久，他却停下步来，仿佛被牢牢地钉在那儿似的，因为他听到命运本身正向他走来……房门打开了，女郎正以轻盈的步伐向他走来。走廊里一团漆黑，看不见任何东西，任何东西……可是在漫长的午后这几千秒钟里，他却从来没有、从来没有像现在这样清清楚楚地看到过她……他看见她整个身子……他的心都要蹦出来了……而当小小的脚步向他走来时，他却紧紧地靠在墙上，仿佛被一种看不见的力量挤压着……他两眼紧闭。这时，他由于疼痛，整个身子猛然直了起来……他干脆用双手乱抓一气，好像他在试图抓一只在四周飞来飞去的鸟儿似的。他在初次温柔的抚摸时就感到，甚至连她也无法再逃掉……她的眼泪使他的双颊感到火辣辣的，这时，他真希望夜晚的全部、全部黑暗都压到他们身上，把他们压在黑暗的废墟下面……

当他们苏醒过来时，他们彼此是那么陌生，就好像有一股冰冷的水从他们中间穿流而过……他们彼此都感到陌生，冷淡。他们睡在一起，这如同一场噩梦——而这时，乳白色的月光正幸灾乐祸地从打开的窗户照进屋来……她战栗着，转过脸去……她整个的人连同她的面部看来都是一个谜，永远也无法探索，它们隐藏在头发那黑乎乎的帷幕后面……赖因哈德站起身……困倦无力地掠着头发……他冷得发抖……令人毛骨悚然的寂静具有煽动性地、咄咄逼人地闯进深深陷入他们困惑之中的、阴暗的屋子，在这间屋子里，绝望的柔情蜜意似乎像毒药一样扎下了根……

他慢条斯理地穿上放在柜子下面，好像是在等着他的鞋……他打了一个寒噤，又打一个寒噤……一种巨大的、巨大的恐怖阻止他转过身来。他从来没有、从来没有像在这个寒冷的、似乎在嘲笑白昼和夜晚所有柔情蜜意的夜间时刻那样，陷于痛苦之中……在他置身于陌生的、陌生的城市这一时刻……面临着冒险逃跑的上千种危险……从一个漂亮女郎的卧室里悄悄溜走，而这时这位女郎的啜泣也在他可怜的的内心里表现出凝成一团、无法摆脱的、同样的孤寂……不，不，他这一辈子也不允许转过身来……他慢腾腾地走着……小心翼翼地向窗户走去，仿佛怕唤醒了寂静似的。可是正当他准备跨过低矮的长椅时，她那双光着的脚轻轻的、轻轻的窸窣声把他给惊呆了……他感到自己的血液好像在血管里冻成了冰。他浑身颤抖着，颤抖着，仿佛他要看穿死神真正的、赤裸裸的面孔似的，他赶忙转过头来……值得注意的是，这张妩媚可爱的脸连同那微笑着的小嘴唇比以往任何时候都更甜、更美；这张脸差不多要迫使他开心地、自由自在地、纯洁无瑕地微笑，似乎它的温柔和雄辩犹如一面镜子……在他身上再也没有一丝一毫也许值得这位女郎追求的东西……她的眼睛干脆就迫使他摆脱这全部负担，她用自己的纤纤细手递给他一小包证件。他看也不看一眼，就把小包塞进口袋里……他毫不迟疑地抓住这只手，握住它。“这也许对你会有用，”她细声细气地说，“别伤心，上帝、你妻子和我丈夫——爱着我们的这三个人也许以后会原谅我们……”她干脆利索地、轻轻地吻了一下他的前额……然后他一个箭步，纵身而出，朝着月亮那冷淡的面孔走去……

不中用的狗

警官撞开房门说："您瞧一瞧他……也许……"他嘴里叼着香烟。我走向那个躺在一张木板床上一动不动的人。有一个坐在木板床后凳子上的人赶忙站起身来说："晚上好。"我认出是神甫，向他点点头。

他站在躺着的人的头部一边。我神情激动地转向警察，瞥了一眼那支燃着的香烟说："请您把灯弄亮一点儿……我什么都看不见。"他跳到一张椅子上，用一根绳子拴住吊灯，使灯光正好照到那个变得僵硬的人身上……现在，我在明亮的灯光下看见了尸体，吓得情不自禁地往后退。我见过很多死人，但是每看到一具尸体，那令人激动的意识都会一再使我感动。我意识到这是在看一个人，一个人啊……一个曾经活着、受过苦、爱过别人的人……

我立即就看出他死了……啊，没有经过治疗的迹象……我感觉到这一点，而且也明白这种事情。可我是被叫来进行官方鉴定，确定他已经死亡的……而我也就这样心情激动地开始工作。我的确在某种程度上负有法律上的义务，去进行那些非常熟练的操作，而人类科学也是借用这些手法来探索奥秘的。那个躺着的人看起来很可怕……

鲜血和污垢浸透着他那略呈红色的头发，粘成了一团。我看出有几道刀伤和刺伤的伤痕……一道道可怕的疤痕从脸上横穿而过……嘴巴歪着……细长、苍白的鼻子被压上凹痕，双手呈痉挛状，放在身子的一边……死了之后还握在一起……就连衣服也是肮里肮脏的，沾满了血迹。人们都认为清楚地看到了这种疯狂的愤怒。他就是在人们的这种愤怒中遭到毒打、脚踢和刺杀的。他是被人以一种兽性的寻欢作乐的方式杀掉的。我大着胆子抓住他的上衣，解开还未扯下的纽扣，感到奇怪的是：他的皮肤像一个小孩子的皮肤那样又白又嫩……既无血迹，也没有污垢……

警察突然向我弯下腰来，他同我挨得那么近，使我连他那沾沾自喜的气息都可以感觉到。他瞥了一眼死者，漫不经心地说："下班啦，怎么样?"我只是目不转睛地看了他几秒钟，我感到自己气得发抖，或者说是恨得发抖。

看来，我的目光狠狠地盯了他好一会儿……他带着一种突如其来的尴尬表情，把他那支散发出香味的烟从嘴里拿走……然后悄悄地溜了出去。他在门口还说："过一会儿请您通知我，大夫先生……"我感到似乎得到了某种方式的解脱……现在我才开始我的检查……这简直是胡闹，我竟然把听筒放到这个人的胸部！竟然给他诊脉……竟然在这个可怜的、被折磨得体无完肤的躯体上面完成这整个于事无补的骗局。但是他不可能因为头部的创伤而死去。难道说我应当在证明上写明当今医疗科学轻而易举就能做到的事情：循环障碍……衰竭……营养不良？我不知道我是否在笑。我除了在头部发现这些大概使人极其疼痛、但又不致丧命的伤口外，什么也发现不了。这些伤很难通过头部的皮肉侵入头内……它们很可能是被人在盛怒之下折腾出来的……

另外，在这种惨遭蹂躏的情况下，他那张极其瘦削、苍白的脸看起来好似一把刀子。我想，这很可能是一个调皮捣蛋、冷酷无情的小伙子。我慢条斯理地重新扣好他上衣的纽扣，情不自禁地把他成绺肮脏的、血迹斑斑的头发从他额头上掠开。看来，他好像在微笑……这种笑带有讥讽、嘲弄的意味。然后，我望着面色苍白、默默不语地站在我身旁的神甫。他是一个文静的人，我非常了解他。“是谋杀？”我轻声问道。他只是点点头。紧接着，他比我还要轻声地说：“谋杀一个杀人犯。”我大吃一惊……然后我再一次目不转睛地看着这张瘦削得犹如尖刀似的苍白的脸。看来，这张脸在备受折磨的情况下似乎还在笑……既冷淡，又傲慢……我吓得说不出话来。真可怕，这具尸体在这个阴森森的房间里，被残忍的灯光刺眼地照射着，而其余的东西全都淹没在黑暗之中……这张光溜溜的木板床……几张破旧的凳子……灰泥剥落的墙壁……以及这具穿着几乎破烂不堪的灰制服的尸体……

我差不多在用乞求的目光注视着神甫……由于精疲力竭、恐惧和恶心，我感到头晕目眩……警察的香烟给了我致命的打击。整个下午我空着肚子跑来跑去，待在令人难受的魔窟里，无能为力地、无可奈何地、十分可笑地忍受这类“情况”……尽管我每天都看到很多东西，然而一个杀人犯被人谋杀，这种事在本地也是罕见的……

“一个杀人犯?”我心不在焉地问。神甫把他的凳子挪到我身边说：“您请……坐!”我毫无主见地听从他的话，坐了下来，然后，他撑住木板床继续说：“难道说您不认识他……真的不认识?”他看着我，就好像差不多是在怀疑我的理解力似的。“不认识，”我有气无力地说，“我不认识他。”神甫摇摇头：“您四处漫游，走了很多地方，在漫游时，我想，您也许已经听说过不中用的狗的事情。”我吓得跳了起来……我的上帝啊!“不中用的狗……这儿的这个人……啊，这张面孔!”这时我站在神甫身旁，我们俩都在盯着这具已经变形的、没有血色的尸体……

“他还——”我非常小声地问道，“他还能领受圣事吗?”我在等着回答。神甫看来好像没有听到我的问题，而我也不想把我的问题再重复一遍……沉默压得我们几乎喘不过气来。好像过了好几分钟，神甫才回答道：“不行……不过他也许还能够……我在他身边待了差不多一个小时……他非常激动，非常清醒，在他……”他盯着我说，“去世之前……”

神甫无可奈何地对尸体伸出双手，就好像他要爱抚他似的……他那张瘦削、可怜的娃娃脸——我只能这样讲——就像泥塑木雕似的……他是多么绝望地向后拢了拢他那淡黄色的头发啊。紧接着，他激动万分地说：“您，您可能以为我发疯了吧……是呀，不过我还想在他身边再待一会儿，待到他们来领他……确实……我不想让他独自一人待着，只有一个人在他一生中真正爱过他，然而正是这个人出卖了他。您会因为这种事取笑我，可我……难道我们所有的人不都是有罪的吗？如果我再守护他一会儿的话……也许……”他用一种几乎心烦意乱的固执态度盯着我……这是一双蓝眼睛，乌黑的饥饿痕迹差不多就像伤痕一样贴在这双眼睛下面……啊，我并不想把他视为疯子……更不想笑话他，我的上帝呀！“我待在您身边。”我说。

我们沉默了片刻。这段时间的长短，正好可以用来念主祷文。一阵哈哈大笑声从警卫室传来，我们在沉默中听到那是女人的声音……是尖叫声。我慢慢往后退，让灯光又照到它的老位置上。现在整个屋子里都同样充满了昏黄的灯光。这具可怕的尸体显得没有那么吓人，没有那么僵硬，简直是有生气了。世界上再也找不到比这种光更无情的东西了。这种赤裸裸的电灯光，它适合他们的香烟……适合他们死尸般的面容，适合他们的色欲……哦，我憎恨这种电灯光……

从警卫室传来的笑声时高时低，此起彼伏……

神甫突然吓了一跳，仿佛他感到一种隐蔽的恐怖……一种可怕的回忆不由得涌上脑际……“大夫，您坐……”他轻声说，“我要给您讲他的事情。”

我顺从地坐了下来，这时神甫也弓着背往木板床上蹲……我们的背都朝着死者……

“那是一次奇怪的会见，”神甫开口道，“他与我同年出生……一九一八年……他对我真是无所不谈……您知道，我并不怎么清楚，他是在给我讲呢，还是对他自己或者对某一个并不在场的人讲。他两眼瞪着天花板，就像发烧似的讲呀，讲呀，或许他真的在发烧吧……您知道，他没有父母……没上过学……他被人带着四处流浪。留给他的最初印象是：警察带走了他一直认作父亲的那个人。那个人是一个粗暴、胆小的家伙，一半是流浪汉，一半是小偷和工人……他在市郊的一个简陋的出租房里被带走了，当时正处于战争与通货膨胀之间的那段时期[①]……

① 这里指的是第一次世界大战和德国一九一九—一九二三年间的通货膨胀，即一九一八—一九一九年这段时期。

“您想象一下一间肮脏屋子的情景吧。在这间屋子里，一个可怜的、总遭到虐待的女人同一个总是烂醉如泥、既懒惰又胆小、蛮不讲理的家伙生活在一起……这就是生活的全部内容。大夫，您了解这种情况。在他这个所谓的父亲锒铛入狱、被判多年监禁之后，他的生活才稍微平静了一些。他的婶婶——他后来听说，这个神经过敏、充满敌意的女人是他婶婶——去了工厂。警察为他张罗上学读书的事情。而现在……在学校里他那非凡的才智引人注目。这种事您能想象得出吗，大夫？”神甫望着我说，“这张瘦削得像尖刀一样的脸在沉闷的课堂上仿佛把一切都劈成了两半，哦……他成了班上的尖子，他何止是尖子，他简直远远超过了所有的人。他雄心勃勃。教师们都为他讲话，说他应当上文科中学……教士对此很感兴趣……可是那个女人，也就是他婶婶，却怒气冲冲，拼命反对，就好像他要被杀掉似的。她想方设法制止他，把他留在自己生活的这个可怕、粗俗的环境中。她制造一切可能制造的困难，坚持她作为教育者的权利……只要他一回到家里，她就折磨他……他不该‘出人头地’。但她还是无法对付教师和教士的联合力量。他得到一个名额，免费上一所寄宿学校，被那里录为常住生。他很快就超过了人们对他所寄予的所有希望。对他来说，不存在困难……他的拉丁文、希腊文学得同数学和德语一样好……他心地善良。此外，他从来就不是那种死啃书本的人物……他有独创性……有才智……宗教课他学得相当好，够得上专业神学的水平。总而言之，他确确实实是一个杰出人物。他想起自己已经离开的那个环境时，除了恐怖和厌恶之外，从来没有任何别的情绪；他肯定不是怀着同情心……每当他想到那个环境时，就会不寒而栗。他甚至连假期也待在寄宿学校里，他在图书馆当助手，在管理部门帮忙。他要进入他的支持者的团体，这是毫无疑问的。可是他盛气凌人，高傲自大，有一种坚强不屈的自信心。‘我认为，归根到底自己总是莫名其妙地蔑视他们所有的人。’他对我说。他在接受高傲自大给他带来的惩罚时，气得咬牙切齿。他是一个杰出人物……他使所有的人感到羞愧，人们在某些方面迁就他。只是在他对待某一个人的态度太不像话或者把习以为常的恭顺抛到九霄云外的情况太频繁时，他才受到惩罚……

“可是，他年龄越大，财富、荣誉和权力对他的诱惑就越强烈。他想到这一切，心里都会怦怦直跳。他已经十六岁了，虽然心里不想继续待在学校……但他一点儿也没有表露出来，因为他还想在寄宿学校参加毕业考试。这种新的态度产生了一种危机，他在人性方面的真诚可靠的东西全都跑光了……世界是如此吸引人，您知道，当时政治虚假，一文不值的东西公开泛滥……那种行尸走肉一般的可怕的生活吸引着他。当然，他不想中断学业，因为他不会忘记那种苦难，过去那种可怕的家庭苦难，但他却变得斤斤计较……有好几个年头，这种自私自利简直是在不知不觉地毒害他……他简直变坏了。不管怎样，他失去了曾经在他身上占有如此重要位置的信仰……

“后来他通过了中学毕业考试，继而态度冷漠地把他的决定告诉那些教士，这时当然出现了尴尬的局面。可是对于这种局面，他却厚着脸皮，不予理睬……他‘干脆来个过河拆桥’，因为他有了文凭。可是，他的免费教育并非单凭一句话就办到的，一句话成不了他进入这一团体的条件。他断绝了同这个学校的一切联系，揣着一张成绩优秀的文凭，怀着一种疯狂的野心走向世界……他没有‘像样的’衣服，没有一分钱，什么也没有……

“可是这时，他同学当中有一个叫贝克尔的同学却够得上朋友。贝克尔是有钱人家的子弟，在攻读神学……他用钱资助他。这些钱一部分是他用甜言蜜语从父母那儿骗来的，一部分是他自己省下来的。现在赫罗德要走了……顺便问一问，您知道他的名字吗?”神甫用询问的目光望着我……我从哪儿知道他的名字呢?我默然无声地摇摇头。“他叫特奥多尔·赫罗德……”

从警卫室传来的嘈杂声不绝于耳，大有将我们淹没之势……嘈杂声……叫喊声……那种竭尽全力发出的、百无聊赖的怪声大叫，这些人心甘情愿地让人把自己关进强制的监牢里。神甫沉默了片刻又开口说：“我把这些事都讲给您听，这到底有什么用……我们最好还是祷告……祷告吧。这确确实实是我们唯一能做的事情……可不是吗……”他神情痛苦地望着我，好像他在无形的重担下要散架了似的……然后他合拢双手，而我却轻轻地抓住他的胳膊……我不知道这是不是好奇心。这种好奇心促使我说道：“您给我往下讲吧……劳驾……我什么都想知道……”

神甫惶恐不安地望着我……现在我差不多真的有这种印象，仿佛他有精神病似的……他望着我，就好像他根本就不认识我，因而不得不在他的回忆当中深入地、深入地寻找，看我到底是谁……最后他揪着自己的脑袋。“啊，原来如此，”他用绝望的口气说，“请原谅……我……我……”他做了一个无可奈何的手势……然后便接着往下说：

“贝克尔似乎怀着真诚的愿望，就像人们所说的那样，要使赫罗德‘别半途而废’。他们在一所大学学习。尽管贝克尔由于住在学生宿舍，行动起来有诸多不便，但他还是经常去看望赫罗德……同赫罗德交谈，大概是想唤起那业已埋葬的虔诚吧。但他决不把自己的资助同这种事情挂上钩来……他们有时候也发生争论，这是非常清楚的。他们讨论当时在尚未麻木不仁的所有青年人之间曾经讨论过的问题——宗教和人民等问题。但在他们那里，一切依然如故，友好融洽。虽然赫罗德从来没有讲过，但他却把贝克尔视为唯一不受他鄙视的、值得他尊敬的人……他喜欢贝克尔。从另一方面来说，也不仅仅因为贝克尔资助了他，而是因为贝克尔给他钱是不附带条件的。现在，您大概可以想象这种关系吧。贝克尔一定是一个热情似火、还相信上帝的恩惠的小伙子……在开头两个学期，所有的神学家都还相信上帝的恩惠，但后来，往往是牧师总代理不自觉地取代了上帝恩惠的地位。

“当然，赫罗德在大学里也同在中学里一样，依然是一个怪才……不过，他并不仅仅看不起那些行为比较轻率、能力稍逊一筹的同学，也看不起那些正如他所说的那样，他认为‘绝非真正的精神领袖’的教授。此外，他还在创造在政治上飞黄腾达的可能性……您可以设想，这个政党似乎已经吸收了这样一个聪明的小伙子……

“可是后来却发生了一件可怕的事情：他当了兵。对此他一筹莫展。他对任何东西都没有像对这支军队这样恨之入骨了。因为他曾经试图在这方面青云直上，要当军官，但那时出现了一件怪事：这个军官阶层虽然容忍来自黑暗的社会泥坑和人类泥坑的、极其愚昧无知的罪犯，但对自己的接班人却提出种种社会要求。他在这种愚昧无知的等级制度中当然落选了。现在他的仇恨——这种对人类社会的第一次宣战已经在他身上扎下根来……他看穿了这些俯首帖耳之人在政治上绝对地卑鄙。他怒火中烧……不过他当然没有战胜这一陷入困境的集团……他感到，兵营生活阴森恐怖的麻木不仁比起他童年时代的苦难来，还要可怕。战争对他来说是一种解脱，现在他自愿报名参加那些部队当中的任何一支部队。要知道，这些部队是用否定一切现实价值的精神教育出来的，他们把称作战争的前线杀戮和被称为消灭劣等人种的后方屠杀等同起来。”神甫惊慌失措地打住了话头，用双手蒙住脸……他喘着气。“您想象一下在这些队伍当中的这张瘦削得像尖刀一样的脸吧……它充满着仇恨。在这个变得更为厚颜无耻、更为盲目的社会中，在战争可怕的压力下走过的年代越长……就被越牢固地绑在铤而走险、否定一切价值之人的凯旋车上，绑在那辆阴森恐怖的凯旋车上。那辆车的破轮子很快就会四分五裂，车子最终会陷入地球上充满汽油味的滚滚洪流中……

“这种事当然奇怪：尽管赫罗德心甘情愿地选择了这个使他反感的环境，但他在这种环境中越陷越深。甚至在这种环境中，赫罗德也沾染上了同杀戮成性的恶棍连在一起的那种忠诚的忧郁情绪。就是在那里，他也同贝克尔保持着联系。贝克尔给他写信，告诫他，提醒他……他甚至在休假时还去拜访贝克尔……他祝贺贝克尔成为神甫。他甚至在那里也同自己真正喜欢的贝克尔保持接触——由于他那罕见的羞怯，这个词他从未用过。的确，他给贝克尔寄去包裹，里面的东西都是国内紧缺的香烟、肥皂、油脂，我知道……他写信，寄包裹……但他从未吐露一点儿有关他精神状态的情况……再也没有关于宗教和世界观的讨论了……他最后感到自己同所交往的那一帮家伙已经密不可分。他经常都怀着极其后悔的心情，充满着对于血流如注的恐惧；他同污泥粪土混在一起，对禽兽般的暴行惊恐万分……一切都同关于种族、荣誉和绝对服从……祖国……绅士风度的那些无法更改的概念混杂在一起。他在这些部队里当了军官……多次负伤……受到嘉奖，获得勋章……可是所有这一切都无法消除令人毛骨悚然的负罪感……他心烦意乱。而在所有由恐惧、仇恨和懊悔拼凑而成的大杂烩中，对他而言，最糟糕的却是：贝克尔停止了给他写信……整整一年他都没有得到他的任何音讯。尽管他把这件事情归咎于混乱不堪的交通状况，归咎于一个'杰出的组织'绝对的杂乱无章；尽管他把这件事情归咎于这些外在的事物……但是在背后，那种莫名其妙的、对他而言极其神秘莫测的恐惧却总是咄咄逼人：他怕贝克尔不愿意再同他交往……那个结局，那个不可阻挡的灾难性的结局越临近，他就越是可怕地感到自己沾上了、犯下了难以置信的暴行。只有想到也许会帮他一把的贝克尔，才能使他挺起腰来。他通过精心策划的阴谋诡计，逃脱了沦为俄国战俘的命运，他冒充俄国士兵，用假证件偷偷地穿过俄国的整个进军路线，直到被西方国家占领的地区……然后，准备了足够的钱和存货，便在他那被夷为平地的故乡……在这任何人都不会发现的上千个避难所里的某个地方销声匿迹。就是在这里，他也逃脱了沦为俘虏的命运。紧接着，他便开始小心翼翼地寻找贝克尔。对他来说，贝克尔就意味着拯救。至于希望以何种方式得到贝克尔的帮助，他并没有固定的想法……他是彻底崩溃了。他置身于恐惧、厌倦和罪孽的阴影中，处境十分艰难。也许他只是想同一个不会威胁他、不会拒绝他的人哪怕是谈上一次话，因为在他看来，贝克尔就是一种与一切世俗的习惯相反，不引起任何麻烦、不咒骂任何人和物的宗教的代表……他本人作为孩子真心实意地热爱过这种宗教，它的余晖很可能还在照耀他，可是他自己却无法意识到这种余晖……

“他伪装成战争的受害者，一瘸一拐地离开他的避难所，试图在这极度的混乱中找到他知道在一座小城里当神甫的贝克尔。最后，他搭一辆美国占领军的车子到了这座小城……他看到的这座小城没有遭到摧毁，居民还在迷惘着，惊慌着……后来他找到了贝克尔……他心里怦怦直跳，幸福得怦怦直跳地跨进教士住宅的大门……

“可是贝克尔却态度冷淡，漠然置之。他是有意中止书信往来的……昔日一切成为友谊的东西，都已消失殆尽……贝克尔做出一副极其陌生的样子。他欢迎他，就像人们欢迎一个多年前曾经有过一面之交、现在又重新见面的人那样，就像在欢迎任何一个普普通通的人……赫罗德被他唯一的朋友用来欢迎他的这种冷淡、客观的态度吓了一跳，可是聚集在他身上的这种东西，这黑乎乎的一团由痛苦、鲜血和罪孽构成的大杂烩太多了，多到他无法控制的地步……他对贝克尔倾诉衷情……他把过去根本无法写在信上的一切的一切都讲给贝克尔听……当他讲完时，他再也没吭一声，再也没提任何问题，只是无可奈何地望着贝克尔。他对我讲，他平生第一次在这一时刻感到完完全全的孤单无助。而贝克尔却什么也没有对他讲。贝克尔看起来好像是官方的人，他的身份是牧师，是由国家支付薪金的官员。他心里有所触动，但是他的人性却被他耳闻目睹和亲身经历的一切，被撤退时骇人听闻的暴行……被饥饿、困惑、恐惧和炸弹弄得麻木不仁。贝克尔留给他的只有几句空话，几句那种方式的空话……您知道，这样一些从文化货摊花五分钱就能买到的现成格言，就像在某些忏悔室里那样，在赦罪后分发给忏悔者，每人一句……这个人走了……下一个再来。贝克尔当然是劝他去忏悔，去祈祷，去做一个好人……您瞧！”神甫紧紧地抓住我的肩膀，我倦容满面的脸使劲地转过来……他的双眼激动得像闪耀的火光……他那可怜的、苍白的面孔已经变得绯红……他的嘴在抽搐着。我们就像吵架的人那样，差不多已经相对而立……就像吵架的人那样，站在这里，在放着这条不中用的狗的尸体的木板床边！可我是这么疲倦，这么疲倦……然而在我内心的深处，很深的深处，却存在着对于这一类人命运难以抑制的极大兴趣。我必须听到这种命运的结局。“您瞧，”他悲叹着，“这种事我可以说是一清二楚，因为我自己就无数次地这样做过……我可以具体地想象到当时的情景。贝克尔同他已经没有私人关系了……面对这种可怕的痛苦，他除了具有一种职业性的、公事公办的冷漠之外，一无所有……他也许麻木不仁，就像人们作为一个听取忏悔的神甫所能做到的那样麻木不仁……我的上帝，通奸和卑鄙，如此而已，年年岁岁，岁岁年年！您作为医生也许明白这一点……对您来说，一具尸体并不像对于好几千尽管爆发战争，却没有见过这么多尸体的人那样，根本不是什么可怕的东西。对于我们神甫而言，没有埋葬的尸体往往也不像对于任何一个还从未看到过所谓正派人内心深处的人那样，能使我们激动，能打动我们的心。我的上帝……您瞧，贝克尔就是如此。另外，您还要考虑到这种情况：最后几个月那骇人听闻的疯狂刚刚过去，出现了某种程度的风平浪静，一种惨遭毁灭后的风平浪静……贝克尔对他态度冷淡。也许是漠不关心，也许甚至可以说是心不在焉……赫罗德说：‘他简直把我推回到了我那一钱不值的境地……’这时，他陷入了要毁灭一切的怒火之中……

“另外，再加上他很可能被那些曾经观察他、怀疑他的人告密……警察在找他……他不得不经常变换藏身之地……他简直是在瓦砾堆里被人追赶着。最后总算在城里一大片废墟中间的一个被夷为平地的房子下面，找到了一个完好无损的地下室。这个地下室很容易进去，却很难被发现。在他成为‘不中用的狗’之前，他在这里怒气冲天、仇恨满腔地苦思冥想了好几天。后来，他轻而易举地找到了几个帮凶——尽管他对自己的帮手总是盛气凌人、态度傲慢，但是在他看来，最最可怕的事情却是孤立。他们首先给自己抢了一套舒适的家具。然后——他有一个非常冷静的计划——他们用偷来的货物进行精心策划的黑市交易，积累自己的原始资金。他们在住所里堆满了储备物资，然后便开始了可怕的游戏。这些计划全都出自他一人之手，他是公认的头目……他就是‘法官’……当他的帮手们破门行窃，‘逮住’牺牲者或者牺牲者们时，他就会带着某种神秘的灵光突然露面。他‘根据当时的情绪’来宣布处死的方式……枪杀……刺死或者吊死……他们还常常进行纯粹恐吓性的袭击，以便使那些心惊胆战的人以后总陷于不断遭到威胁的恐惧之中……他们用这种方式——”神甫停了片刻，“杀害了二十三个人……二十三个……”

我们俩由于巨大的恐惧而全身发抖——毛骨悚然——看着这一动不动的尸体，尸体上的淡红色头发散布在血迹和污垢那黑乎乎的斑点之间，在室内的昏暗中泛着微光……这张冷酷无情、嘴唇薄薄的嘴似乎在幸灾乐祸、残酷无情地嘲笑着，好像在嘲笑我们所说的话，嘲笑这全部对话。我全身颤抖着转过身去，诚惶诚恐地等待着神甫也会朝我这个方向转过身来。我感到自己受到恶魔的威胁，而他那张富有人情味的、可怜的脸也许会给我以安慰……可是神甫却长时间地沉默不语，把脸对着死者……长时间地……我不知道，当他轻轻地摸着我的肩膀时，他是把我从沉思中呢，还是从默祷中，或者只不过是从模模糊糊的恐惧中惊醒……他的语气现在听起来很温和，差不多是在安慰我："这确实是一件令人费解的事，他这个同女人从来没有哪怕是丝毫关系的人……他这个过着一种差不多是独身的童贞生活的人……他居然死在一个女人手里。我曾经想过，要是他爱上一个情人……或者说只不过拜倒在所有软弱的人都被折服的那种罪孽……酒精、烟草脚下，那他也许现在还会活着，也许会成为一个比较有人性的人。他用一种令人毛骨悚然的方式禁欲……没有一片来自天堂的瓦砾能够迷惑他。他的毁灭是由一个女人造成的。尽管他拼命反对，这个女人还是被拉进了团伙……尽管他严辞拒绝，大发雷霆，她还是硬住下来了。虽然他在众多的谋杀事件中充当他们的头目，但他无法控制这个女人，而最可怕的是：这个女人爱他。她被几个月之久的、冷酷无情的嘲弄逼上绝境，成了杀害他的凶手。她把其他的人都煽动起来了。我推想，袭击起他来，他们满腔的愤怒比袭击别的牺牲者时还要厉害。这是一个残酷的、一个埋得非常非常深的、可怕的秘密：归根到底，这个魔窟对任何东西都没有对自己人那样切齿痛恨的了……他们差一点儿把他撕成了碎片。然而，当人们在这儿门口发现他时，他却仍然活着。人们在他上衣胸前的里袋内找到一张纸条，上面写有一行娟秀的字迹：把这条不中用的狗埋掉。这是一个女人的字迹……”

我再也没有力量转过身去……我怅然若失地凝望着肮脏的地板……我的上帝，难道我饿了，累了……我感到痛苦，我认为自己无法去理解这种绝对的恐惧……我陷入十分可怜的境地……也无法去祈祷。我感到，在神甫的这番谈话后面，我们整个世界绝望的瓦砾好像已经将我埋葬，一种对我自身的模模糊糊、神秘莫测的恐惧，好像用僵硬的、铁一般的利爪抓住我……然后我艰难地，就仿佛这些话语在我嘴里已经被击碎了似的，迸出一句话来：“难道您相信他……”

不过，神甫又把身子转了过来，似乎在祈祷，再说——这是很罕见的——我仿佛也是迫不得已转过身来，重新看着这具尸体，这具毫无变化、沾满血迹和污物的尸体……也许我在祈祷，这个我不知道……我整个的人都只不过是一个由恐惧、痛苦和模模糊糊的预感构成的躯体罢了。

啊，谁能描述这种状况呢。在这时，人们就像在进行必要的防御一样，都麻木不仁，但在思想上却清醒地经历着一切。人们是如此清醒，就像他们只有在思想上才能经历到某种东西那样……

紧接着，房门突然啪的一声被人打开，听起来就好像是有人开始拆除我们头上的房子似的。就在我们大吃一惊，警醒地转过头去之时，有一个粗鲁的声音叫喊道：“快来把这个家伙弄走……”这时，三个身穿制服的人注意到了我们，于是便放轻脚步，走了进来……他们一进屋，屋内好像就变得异常明亮了……他们当中有一个人，一个无法捉摸、身材瘦长、面部没有表情的人轻声说：“晚上好，”随后转过身去对着其余两位说，“那我们就把他……”可是这整段时间都在惊恐万分地看着他们的神甫却好像心不在焉，现在他才醒悟过来。他举起双手表示拒绝，大声说道：“不……不……就让我来吧……”他赶忙转过身，无所畏惧地抱起这个被毁掉的死人，对惊恐万分的呼叫声——“神甫先生……”置若罔闻。

他那副神情好像是在抱着一个死去的情人，充满着绝望的温存……

我犹如在梦中一般，跟着他穿过暖和、雪亮的警卫室，走到潮湿、昏暗、积满既湿且脏的雪泥的街上。有一辆马达在隆隆作响、喇叭在鸣叫的汽车等在外面。神甫慢慢地……深情地把尸体放在汽车尾部货仓里的一个草袋上面……这里散发着一股汽油和机油味……一股战争和恐惧味……昏暗，冬天的这种无情的昏暗犹如无法承载的重荷，笼罩着这些空荡荡的房屋……

“可是……不……这不行……”神甫上车时，有一个警察叫道……他们当中的第三个人却明明白白地以手加额，对他表示敬意——而这时，那个无法捉摸的人却悄悄地，而且就像我所感到的那样，带着一丝苦涩的笑容站在那儿……

神甫向我招手，要我走过去。尽管马达的隆隆声现在响得更厉害，但我却听到了他对我低声耳语的那些话。这好像是一个秘密：“他还哭了……您知道……您来之前，我把眼泪擦干了……因为眼泪……”可是这时车子猛然一跳，一下子就飞快地开跑了。我只看见这个黑乎乎的人影无可奈何的姿势。这个人影同汽车一道，拐进这座遭到毁灭的城市冷冰冰、黑魆魆的峡谷中去了……

幽　　会

我很早就到码头去接她。连日来，大雨如注。林荫道的地面已经泡软，树叶在水洼里腐烂。现在——八月中旬——树上已经散发出秋天的气息，咖啡店的平台空空如也，白色的桌椅已经堆放起来，匆匆忙忙地罩上了帆布。几乎所有的客人都已离去，在这个时节看不见一个人。潮气像一层厚厚的云雾，在水面上飘动。在云雾中，几乎看不见雨脚。除我之外，四周唯一的一个人就是航运公司的职员。可以看到在管理员值班室那小小的玻璃窗后面的那个职员的便帽。

在饭店大堂，招待员这时都冷得瑟瑟发抖，站在自己那一地段，侍候少数几个下午想要喝茶或者咖啡的客人。

八天前，我在电影院里坐到她的身旁。我早早地就去那儿了，去得太早，当我从打着呵欠的引座员身边走过，进入空空荡荡、灯火辉煌的大厅时，我才看到在前面有探照灯，呈耀眼的长方形，在闪闪发光。它看来是在把灰黑色的棉毛长纤维照射到银幕上。它慢慢地、轻轻地移动着，在毫无价值的东西上面蹦蹦跳跳。我看见她在最前面，在空荡荡的大厅里，在靠近银幕的地方，只能看到她那柔软的脖颈和绿色的雨衣。尽管我有一张位置更好的票，但我还是往前走去，在她身边坐下来……

现在我感到潮气慢慢在我身上升起，凉丝丝的，不过我不在乎。我的目光盯着莱茵河那个拐弯处，在那里随时都可能出现一条船。上面用粉笔写着到达时间的那块黑石板只现出几行灰白色的、被涂掉的字，人们习惯于用钟的钟舌来通知到港和出港。雨点在急速地滴答着，越来越快，就像从有毛病的水龙头上往下滴一样……

后面，在拐弯处出现了一条黑色的运货驳船，这条船被拖着，疲惫不堪地、异常缓慢地逆流而上。我看看我的手表：差几分钟五点。如果这条船按计划在十分钟后又要从这里起航，那它随时都可能在那里，在拐弯处出现。现在，那个人在那间小屋的小玻璃窗后面，正抽着烟，他那红红的脸膛此时被烟雾笼罩着。我的大衣由于潮湿，已经变成深色……

驳船仍然没有完全走出那个拐弯处，它后面拖住它的臀部，犹如一个受伤的爬行动物拖住自己的尾巴一样。那个汉子现在打开管理员值班室，他那低沉的声音在向我打招呼："真无聊。怎么样，博士先生？”

我现在认出了他。他的妻子在下面码头上的某个地方的香烟铺里，一个钟头以前我还在那儿买过烟，同她闲扯过各种牌子香烟的优缺点。

“您现在才认出来，”他叫道，看着我的便帽。“您稍微进来一点儿。”

他侧着身子，紧贴着朝向林荫道那面较宽一点的那边，对我表示，我可以站在另一边。我们就这样紧紧地靠在那里，恰似一个岗亭里面的两个岗哨。

“雷雨天，”他又开口道，“简直是雷雨天，把整个季节都弄糟了。”

“就是，”我说着，继续凝望着莱茵河的拐弯处，接着我便叫了起来：“啊！”因为现在有一条白色的船在黑色驳船旁边更为灵活、更为轻快地奋力而行。

“您在等人吧？等仁慈的夫人？”

“是的。”我说着，但心里已经在后悔接受了他的建议。站在外面，在雨中，而且知道我在一刻钟之后就会同她坐在桌旁喝热茶，这样会更好一些。此人离我这么近，他那双好奇的眼睛几乎挨到我的额头。

我目不转睛地盯着那条已经到了桥下，但仍然在河中间的白船的船头。河的两岸看不真切，它们都笼罩在雾气蒙蒙的烟雨中，山冈在这层阴霾上面高高地耸立着，黑沉沉的，像幽灵一样飘浮不定。

“对，对，是爱情。”这位老人说着，把帽子推到额上。在我盯着这条船时，我同它一道做着它的每一个动作，我自己也好像就在河里，我在用双手使劲。电影开始时，我想起我曾经在黑暗中干脆就伸过手去抓住她的情景。我抓着她的手，把它抓住不放。这是一个陌生女人的手，这只手只往后缩了一次，表示反对，然后便听之任之了。这是一只很小的手，由于害羞变得热乎乎的。有时候，当银幕上微弱的灯光照射到我们身上时，我们便相对而视：我看见一副瘦削的脸庞，这张脸上有一对苍白、严肃的眼睛，这对眼睛好像在向我询问着什么。后来，电影结束时，她试图混进拥挤的人群溜之大吉，可我在有轨电车站发现了她那身绿色的雨衣。

船现在已经从河中间拐到了岸边，只是当那个人从值班室跑出来，顺着平坦的跳板往下走时，我才明白过来，船已经多近了。可以清楚地听到马达声，看见站在出口处前面身穿雨衣的人群。在下面，钟已经敲响。钟的敲击声在这烟雨之中犹如海上的信号。我走了出去，而现在，也是在此时此刻我才明白，我心中没有一点欢乐，只有恐惧、不安和具有诱惑性的这种兴奋刺激的感觉，这种感觉促使汽车司机在危险的弯道上“加大油门”。

我把那支烟扔到水洼里，顺着跳板往下走。老人站在下面，现在他把一个厚厚的软垫扔到船帮和浮坞之间，从船的甲板上扔过来一根缆绳。老人把这根缆绳绕在一根铁桩上。然后，见习水手把用木板搭成的狭长走道移过来。我什么也不看，只盯着前面的入口处。甚至连她的绿色披肩也没有使我完全恢复知觉……

“您好，博士夫人！”老人叫道。现在他正接到空的汽水箱子，把它们急急忙忙垛起来。

我抓住她的胳膊，也没有仔细看看她，就拖着她同我一道走。“我谢谢你。”我声音沙哑地说。

“哦。”她只说了这么一个字。

我默默无言地紧贴着她的胳膊。在我们身后又响起了钟声。当我们沿着林荫道，穿过水洼，走进饭店时，隆隆的马达声响了起来，然后又重新离去。

大堂几乎是空荡荡的。我给她脱下披肩，现在才看见她提着一只小箱子。“对不起。”我轻声说着，从她手里接过箱子，把披肩挂上，然后才脱下我那潮湿的大衣，取下帽子。年迈的艺术商遗孀坐在大堂里。她早上一来就非要陪我不可，她喝烧酒，给我讲挖苦人的故事。她瞟了我们一眼，就继续吃她的蛋糕了。除她之外，那里只坐着一位老先生，这位老先生中午时就已经在围着报架了。

“你想喝什么？”我问。

“茶或者随便来点儿热乎的东西。”她说话时没有转过身来，我只闻到她那淡淡的香水味，这种香水味同下雨时出现的那种薄薄的雾气混在一起。然后，我便在她对面坐下来，招呼早已在自己那一地段走来走去、焦急等待的招待员。

我把单子交给招待员。

我们默默无言地抽着烟。有时候我们相对而视。可是每当我们的目光可能会碰到一起时，我们都扭过头去，往旁边看。这时，万籁俱寂，只听见淅淅沥沥的雨声，正忙着尽情享用蛋糕的那位艺术商遗孀桌上轻微的叮当声和酒吧间女招待同两个男招待之间轻轻的、几乎淹没在厚厚的地毯和窗帘之中的交谈声。

我感到我的颌骨由于紧张不安而在不断颤动。服务员的到来是一种解脱。光是浓茶的气味就足以使人心旷神怡。我们的手在糖罐上面碰到一起。我紧紧地抓住她的手，握住它，可她却挣脱了。她面色苍白，惊恐万分地盯着我的手。我跟着她那惊恐的目光，看着我的手。我觉得自己这只手指很粗、没有血色的手非常陌生，陌生得要命，好像我还从来没有看到过它。我看见自己事先忘了取下结婚戒指。

“我的上帝，”我轻声说，“难道你不高兴？”

“不。”她立即说道，使劲摇头。

我搅动着我的茶。

“难道你高兴吗？”她问。

我默然不语。

她的皮肤现在重新变得又白又有光泽，冰凉冰凉的，黑色的头发由于潮气，在闪闪发亮。

“这段航程美吗？”

“是的，”她平静地说，“这段航程很美，确实美极啦。像这样在水上，简直是云里雾里，晕头转向，而且气味很好闻。可怕的只有一点，那就是我必须在这里下船。我真想继续往前走，在这雨中沿着莱茵河继续往上游驶去，直到……嗯，依我看直到巴塞尔。让我走吧。”她突然说。我看着她：她的脸色十分苍白，她的嘴唇在颤动。

“你发疯啦，”我轻声说，“你到底来干什么？”

“让我走吧。”

“你到这里来，大概只是要把我搞得疯疯癫癫的吧。招待员！”我大声叫道。

“让我走吧。”

一个轻手轻脚的招待员从大堂走出来。“什么事？”他问。

“请您把我夫人的箱子放到我房里去。”

“好的。”

“让我走吧。”她说道。这时招待员已经拿着箱子和披肩走了。

我看看四周：那位老先生在看第二十七份报纸，那位遗孀在吃第十块蛋糕，在玻璃屋顶下方的某处有淅沥沥的雨声，从下面柜台所在的壁龛里传来酒吧女招待同服务员商谈公事的喃喃细语。

我匆匆看了她一眼：这张美丽的脸庞完全变了样，绷得紧紧的，不断地颤动着，她急匆匆地喝着这杯滚茶。

“来。”我声音沙哑地说着，同时抓着她的手。

“我刚才不是问过你是否高兴吗？”

“没有！”我大声嚷道。

老人的眼睛离开了他的画报，向上仰望，而那位遗孀也有片刻工夫停止了咀嚼。

她哈哈大笑着跟我走了。

上面还要安静。房间的窗户面向庭院，通向一个玻璃顶的采光井，在采光井下面装满垃圾的垃圾桶旁，灰烬和垃圾湿漉漉的。只听得见发疯似的淅沥沥的雨声。

当我拿着一支烟来回走动时，她却坐在床上抽烟。有时候我们相对而视，犹如那些站在山坡脚下听到山崩后骨碌碌滚来的人。

我想起我曾经在黑暗中，在一个出租房子的走廊上，在外面，在有轨电车哐啷哐啷地接近终点站的地方吻她。在一辆从小街拐出来的汽车灯光下，我看见她脸色苍白，微笑着站在擦坏的棕色墙前……

“我的上帝，”她忽然说，“你在呻吟。坐到我身边来。”她今天第一次微笑，然后她便把枕头推到一边，给我挪出位置来。

“把你的手递给我。”

我把手递给她。她的双手又凉又干，非常轻巧。我感到她抓住结婚戒指，随后，她把我的手放回我的怀里：我的手沉甸甸的，几乎不能动弹……

“让我走吧。”她说。

“你走吧。”我说。

她急匆匆地吻了吻我的手。

我走向窗前，等待着。雨水把下面倒在垃圾桶旁的一堆灰融化了。一道又窄又脏的涓涓细流从垃圾桶流向被堵塞的排水口，流向又细又长的雨水流过的黄色轨道。在一个大水洼里，漂浮着纸屑、果皮和烟蒂。烟蒂已经破裂，里面的烟丝从外壳里脱落出来，散成细丝，像黄色的小虫子一样漂浮在水面上。我把我的烟蒂也扔到里面，然后转过身去。房间已经空无一人，我什么也没有听见。

以扫[1]宗族

这个无赖——妇人想——现在他又到那边去了。他从我这里逃走了，从这个肮脏的世界上逃走了。他走了……她打量着这个面带怨恨的人。他半侧着身子躺着。她看着他那稚气的、微笑着的侧影，看着蓬乱的头发和半裸的胳膊。他把袖子高高卷起，右手紧紧地抓住一张纸……

这个无赖……她想。他的确是一个无赖。他如今就把这叫做工作，把这叫做生活，没有任何规律性，没有任何尺度，一种没有秩序的生活，这个无赖。他在微笑。

她试图把这张纸从他手里抢走，但他在睡眠中气呼呼地叽里咕噜着，她很快转过身去，转向电炉。电线有毛病，电木做的连接件已经打碎，夹子每次都在电炉的喷口里面黏着，黏得很紧，而要是

---

① 以扫（Esau），《圣经》中的人物，以撒和利百加的长子，雅各的孪生兄弟。为了换取弟弟的红豆汤和饼，把长子的权利给了弟弟雅各。

用劲儿拉夹子，又要把金属丝拉坏，金属丝每次都是坏的。她边轻声咒骂，边修补金属丝，把它接到电炉的喷口上，塞进插口里面。她几乎是在屏着气等候，等金属丝烧红。金属丝真的烧红了，她把水坐在上面……然后她开始相当大声地打扫房间，房间里一切都乱七八糟。他洗过脚，开始喝酒之前，先刮胡子。所有的东西都乱放着，装着脏水的碗，边上糊着剃须膏干泡沫的小盆，旧袜子，两张互不相配的毛巾，所有东西都零零散散地放在桌子上、椅子上和桌子与椅子之间的地板上……

写字台上放着花。她把枯萎的花挑出来，把它扔进洗手盆，把水从刮胡子的盥洗盆里倒出来，倒进洗手盆里去，然后把所有的水都倒进檐沟……

这个无赖……她想。她现在差不多是在喃喃自语，他在那儿大概还要像这样躺多久呢，他就把这种事叫做工作。

她现在更仔细地打量他。房间已经清扫过，水刚开始发出轻轻的响声，她有的是时间。他脸上幸福的表情几乎使她发疯，她恨这个幸福。这种幸福——她想——这种幸福是从我这儿来的，这种幸福是从什么地方偷来的。他悄悄溜到天堂剩下的几个地方，抢走了她的财产。那时候我爱他……

她忽然试图想象他远走他乡，在美国或者澳大利亚。她的心都吓得揪起来了，害怕这会成为事实。没有他，我无法生活——她想——这种事真可怕。就连他经常给我带来的痛苦都使我感到幸福，这个无赖……

她把椅子从写字台那边往这里挪，挪得更近一些，然后在长沙发椅旁边坐下来。她的脚疼，她走了远路，又到某个地方去借钱。又失败了。最后的茶叶——她想——最后的黄油和最后的面包，这个无赖又喝醉了。我想知道他写了什么……

她又试图把那张纸从他手里扯出来，她非常小心，可他又在叽里咕噜。她害怕打扰他的睡眠。没有什么比把他从睡梦中“叫醒”更使他痛恨的了。他常说，这使他想起战争。“哦，就这样把人叫醒。睡眠是上帝赐予我们的一种最珍贵的财富……”

她一个芬尼也没有了，再也没有一个地方能够借到一格罗申①。要付房租、电费……唉，再一一列举又有什么用。

她又看看电炉，水不开了。她边咒骂边拿开锅。金属丝不红了，她拔下金属丝，把手放到单层电炉上面，看一看电炉还有多热，然后开始慢慢地、有条不紊地捅遍整根炽热的金属丝，以便确定哪儿的金属丝又坏了。她一面捅，一面低声咒骂。她感到自己都快要失声痛哭了……

---

① 一格罗申，在德国为十芬尼，相当于中国一角钱这一货币单位；前面的一芬尼，相当于中国的一分钱这一货币单位。

简直要使人发疯了。即便你有钱，即便你试图去买一盘新的金属丝或者一个新电炉，或者只是一个新的连接件吧，那你也付不起账啊。这些东西漫天要价。在这种情况下，你总有一天会因为这些连接件，因为这些值不了二十芬尼的、小小的破电木发疯的。她叹着气，把叉子上这一个记号高高举起——她发现了断口，根本看不清这个断口，金属变得黑乎乎的，很多地方都裂口了，每煮一次都有一个新的地方要烧断。她把金属丝往两头拉长，把拉长的两端相互绕在一起，然后再塞进去：金属丝又烧红了。她再把水坐上去……

这简直使我都要彻头彻尾地病倒了——她想，他们就这样折磨我们。要是我抓到做这些电木或者这些炽热金属丝的，还有拦住她的，以及对好几千很快就要发疯的女人和男人负有责任的人当中的任何一个人，要是我能够逮住这个家伙，我就会杀死他……水又开始沸腾了……

啊，要是他醒了就好啦！他的脸上是这样一种幸福得要命的表情，这使她都要彻头彻尾地病倒了。她在这张脸上找不到自己的丝毫影子。可怕的是这样孤零零的，坐在那里，在他的长沙发旁边，而且不知道他写了什么，不知道他们是否会刻印，钱是否会跑到家里来。不知道他为什么这样幸福地微笑，不知道他从什么地方弄到钱或者借到钱来醉酒。酒瓶倒在床边。她把瓶子拣起来闻了闻：葡萄酒——她想——红葡萄酒……

水好像在沸腾。她揭开盖子，很快就把脸转过去，避开沸腾的蒸汽，把水倒进茶壶里。她先喝了一大口，然后才把水又坐到电炉上去。水必须使劲煮才能煮成茶——她想——必须滚烫得恰到好处，必须煮得差不多要开花开朵的……

她再一次拿起酒瓶，又闻了闻，随后把它小心翼翼地放到长沙发边。这么说这个无赖——她想——我喜欢……我爱他……她边唉声叹气，边退回到写字台的桌面边，再一次揭开盖子。水在沸腾。她把茶壶灌满，把电炉上的电源拔掉，把茶壶放到还有热气的单层电炉上。

贝尔科沃大桥的故事

当时，对这座大桥的故事，人们议论纷纷：有人诅咒，有人哭泣，有几个人哈哈大笑，有的人并不认为它有特殊的意义，他们漠不关心地把它列入战争那一般性的、无所不包的事件之中。而最终这个故事真的被遗忘了，尤其是因为它也没有战略性的，或者说是伟大的历史意义。

然而我却感到自己有义务讲述在那个关键性的日子，在那里实实在在发生的事情。我打算按照顺序，尽可能详细地把它记录下来，因为我差不多可以估计到，我是那些在关键时刻参与这一事件的人当中唯一的生还者。关于施努尔和施奈德，我知道他们已经阵亡，而另外那个人物，那个对手，第三工兵团参谋部的一个少尉——我这样猜想——同样也在战争的最后几个月里阵亡了，因为我曾经徒劳无益地寻找过他。也许他已被俘获，下落不明或者已经堕落。尽管他是一个头脑冷静、精明干练、讨人喜欢的军人，但却没有人能够讲，他是否已经陷入进行破坏这种公害的魔掌，在某个地方听天由命、悲惨愁苦地度过他的一生，而同过去没有活生生的联系。

既然我想要努力遵照一种严格的顺序，我就必须从我接到东南建筑工程义务劳动总部的命令那天开始，在建造——或者说得更确切些是重建——贝尔科沃大桥时担任领导职务。那是圣诞节后没几天的事，当时我——违心地、无所事事地——正在义务劳动后备军总部闲逛。我很幸运，终究有事可干了。在我事先索取了关于这项计划中的工程的所有指示之后，我便完全按照计划采取行动。在德国人到达贝尔科沃大桥并能够阻止爆炸之前不久，这座大桥于一九四一年在俄国人撤退时被一支俄国后卫小分队炸毁。后来，人们放弃了重建工程，因为贝尔科沃这个小地方不管是从战略上看，还是从占领它的策略上看，都没有丝毫意义，特别是因为这座大桥再也没有被考虑到作为重要的补给品供应基地。在战斗和占领过程中，人们在离它两公里的东南部，在贝雷西纳河上建造了一座战时桥梁。在此期间，这座桥被加固，扩建成补给品供应线。当时在东南建筑工程义务劳动总部，甚至在有关部队看来，把重建贝尔科沃大桥所需要的材料用在建造这座战时桥梁上更为合适，尤其是——正如我已经说过的那样——贝尔科沃这个小镇本身已经完完全全无足轻重。它在战争期间充其量当作警卫营中一个连的宿营地罢了。这个营受命在后方监视游击队活动并尽可能阻止这种活动。

这就是贝尔科沃大桥的来历。

现在，在一九四三年圣诞节后没几天，我得到了重建这座大桥的书面命令。答应保证——按照我计算中所要求的数量——提供工人和物资。我在第一次实地考察时发现了如下问题：贝雷西纳这条小河在那里大约八十米宽，河中间还矗立着用水泥加固的桥墩，大部分都完好无损，而桥梁本身却被十分在行地炸得荡然无存，并且已经遭到贝雷西纳河水两年半的冲刷。贝尔科沃这个小地方大约有十来座房子，其中还有五座住着人或者可以住人，其余的房子由于多年未用，已经逐渐倒塌，房上的木料也被警卫连的士兵砍成块，很可能已被用来烧炉子或者煮食物。我在那里着手进行必要的测量和计算时，有四座房子被警卫连的士兵住着，这些士兵在周围执行一项既耗费精力、又几乎是毫无成效的勤务。在第五座房子里，有一个俄国老妇人和她的女儿居住。这两个人为士兵们煮饭、洗衣、打扫房间，另外，她们还开了一家货源来路不明的小酒馆，出售烧酒、葡萄酒和食品。

最后我终于发现一个小小的墓地。人们在这块墓地里埋葬了那些在这些年执行勤务时死去或者阵亡的士兵。但是当时已经有一个挖尸小分队，把这些尸体挖出来，迁葬到一个计划好的英雄墓地去。

现在，我同两位亲密同事施努尔和施奈德必须在不到三天的时间内，进行必要的测量和计算。在第一次考察建筑工地时我就立即制订了计划，充分利用现有的水泥桥墩，在上面采用铁结构和木结构架桥。这座桥尽管并不坚固耐用，但是可以在大约三个月的时间内承受较大规模的部队调动，甚至重型部队的调动。在东南建筑工程义务劳动总部曾有人对我说，这座桥很可能在全面撤退时使用，因为在东南两公里处架设的那座桥上估计会出现严重阻塞的状况。

当然，建造桥梁并不是一项值得去完成的任务，因为人们知道，这座桥梁最终注定要被炸毁，而没有任何地方，行为对象耐用性的倾向像在我们这行职业当中——建筑师的职业当中——这么强烈，在其他艺术中则也许存在着转瞬即逝的可能性。因此我们并不怀着过分欢乐的心情从事我们的测量和计算，但另一方面，我们高兴的是摆脱了在义务劳动后备军总部稀里糊涂地等待时间。

既然我的命令包含着至迟在十四天内完成此项工程这类措辞，那我们就得要求派二百五十个人，因为我估计要三千个劳动日，因为在这类对象当中，必须估计到高百分比的停工、损耗和永远也无法知道的形形色色无法预料的情况。此外，当然至少还需要总数为五十名的医务、警卫和炊事人员，给工人准备膳食，护理和保卫工人。在所有这一切当中，提供数量充足的各种物资是先决条件。最后，我在最初几天还需要工兵部队的几个爆破专家，他们必须帮助炸掉那些小小的桥梁残留物。

施奈德、施努尔和我，我们三个在不到三天的时间里就完成了所有这些计算、测量和类似的事情。在刚开始待在贝尔科沃的这些日子，我们有机会观察警卫人员极为堕落的——我几乎想说是动摇军心的活动。这些警卫由一个年龄不算太大的少尉和两个上士率领。当时，有关即将进行全面撤退的谣言再也无法压下去，甚至正以相当猛烈的形式传到这个偏僻村镇，这里的世风自然也就江河日下。按照旧地图朝这座桥跑来的部队往往会迷路。到这里来的往往还有给养车和走错路的部队。在不可避免的口口相传的窃窃私语影响下，当时人们以玩世不恭的坦率传着这样的口号：谁能救人，就救自己。而那句令人毛骨悚然、败坏道德的谚语竟然说：享用战争吧，和平会变得可怕。这两句话居然成了警卫部队的公开口号。另外，这支部队每天每日都在期待着调防。同小酒馆老板娘的女儿，一个健壮粗笨、满头金发的女人公开通奸。另外，干这种事的还有别的女人。我自己就曾经看到过，被服装备仓库里的大部分物品、装备物资（我估计还有武器）都高价卖给了四处乱跑的俄国人。这些人简直是用袋子把钱一口袋一口袋地扛来，然后又用某种极其秘密的方式把货物运走。每天晚上都纵酒欢宴。欢宴时，少尉偶尔也试图进行软弱无力的反抗，这时，人们干脆把在场的女人当中最漂亮的妞儿送到他床上，早早地就把他灌得酩酊大醉，用这种办法使他安静下来。

士兵们在经历所有这些事情时有某种罕见的悲哀，从这种悲哀可以推断出正派的某种残余。不管人们会怎么说，也许他们会讲：对这些人确确实实是可能过于相信了。不过我却不得不补充一句：他们当中相当多的一部分人都远离这类纵酒欢宴。确实如此：两个醉鬼发出的喧闹声胜过两百个深思熟虑的人引起的嘈杂声。但是所有那些并不直接参与这种勾当的人，并不能够进行一点儿积极的反对，他们所有的人都患有那种可怕的疾病——听天由命。

尽管我意识到可能意味着也许要为这些观察提出证明的困难，但当我又到我的上级机关去时，我自己便立即按规定报告了这所有的事情。因为这类事情在当时比比皆是：每支部队都拥有一些所谓的黑库存，这些东西是不知什么人撤退时落到他们手里，而且从未上报过的。

另外，我回去后便立即提交了计划和计算数据。这些计划和计算数据都由他们转交给“物资”部和“劳工”部。遇上我们总部令人钦佩的活力和积极投入的乐趣，所需要的物资和人员在八天之内不仅准备停当，而且已经起运。此外，还运来了四个活动棚屋，用来安排人们住宿。不过在我们到达时，这却证明是多余的，因为警卫部队在这时已经调防，因此营房可供我们使用。既然现在把棚屋再搬回去同样毫无意义，那它当然也就在施工时给我们提供了更多的方便。

从南部军团调来两支坦克部队，保卫这个现在突然变得非常重要的对象。这两支部队驻扎在我们南边和北边大约两百米的地方，保护我们既免遭可能来自后方的袭击，也免遭突破防线的俄国军队可能从河岸另一侧进行的袭击。一支小部队最后进入了紧靠我们后面的阵地。这样一来，我们就可以——通过某种方式保护桥头堡——按计划在规定期限开工。

我这里还必须补充一下：我们这伙人当中的忧虑也不少，因为警卫部队的撤退实际上就意味着这一地区要重新成为战场。而事实上，在后来几天中可以听到的，时而近、时而远的战斗喧嚷声却教会我们认识到，我们正处于阵地上相当靠前的前沿岗哨的位置。

不过一切都在按照计划进行。包括那些估计到的无法预料的情况在内：劳工缺勤、浪费物资、施工中出现没有预料到的干扰——下雨或是严寒。就连现有桥墩的裂缝也比事先估计的大，因为在我们第一次察看时没有现成的船只，我无法在近处仔细察看所有的桥墩。可是这一切都考虑到了，我们的工作在按计划进行。我提前让人把上了年纪的小酒馆老板娘连同她的女儿和所有的亲属都抓了起来，要来了一些新的、受到监控的妓女。这些人都准时到达，在那些房子当中找了一座房子安置下来。甚至就连烧酒和烟的供应也都正常，因为我们在几年当中得出这样一条经验：这些就其价值而论到底是微不足道的东西，可以从根本上促进每一个项目。如果不给这些被强迫劳动的各国人员至少在表面上某种物质上的优待，终究是无法期待他们会有热情和劳动兴趣的。

因此，按预定工期规定的时间，这十四天都井然有序。唯一需要报告的是每天每日给养供应车司机带来的这些谣言：全面撤退（人们在有些地方已经敢于使用逃跑这个词了）已经在全部实施，大部分军队已经撤离贝雷西纳河右岸，看样子是计划让大部分敌人扑空；在东南部架设的那座桥在撤退时很可能已经够用的了。总的说来，对于各式各样动摇军心的胡说八道，如果还不足以煽动士兵叛乱，因而非向警察报告不可的话，那我自然都不想听见。我同我的总部经常保持电话联系，我经常报告工作进展情况，我满足于自己不需要提出任何推迟桥梁完工期限的反对意见，因为——正如人们所说的那样——一切都在按照计划进行。

当然——既然我有责任报告实情，那我就必须作出这种限制——战斗的喧嚷声暗地里也使我感到不安，这种喧嚷声在最初的八天之后移到了比较近的距离，而且从这一天起步步逼近，有时候甚至好像已经逼近到了我们建筑工地的右岸。

我偶尔也让单个的撤退人员——只要他持有证明或者有一个负责人陪同——通过桥梁上临时用木板搭成的狭长走道走过去，因为我对这些疲劳过度的人怀着同情之心，不想打发他们毫无意义地逆流而上，再走两公里的路程。而另一方面，对其他那些没有负责人的、道德败坏的人群或者假装被击溃的散兵游勇，我都非常严肃地指引他们走逆流而上的那座大桥，因为我知道，在那里所有的人都要接受极其仔细的审查，不会让任何一个漫无目的的逃亡者或者逃兵跑过去。在那些小分队的人员中，在最初的十天之内，我总共让大概八个人过了这座桥。甚至这些小分队的军官们那种忧郁的沉默也加重了我内心里的某种悲观主义。我当然把这种悲观主义隐藏在心里，不让它表露出来。我甚至通过每天每日同东南建筑工程义务劳动总部的联系来解除自己的每一个责任，因为该总部一再强调要在规定期限内建成大桥。

因此可以说，直至规定的施工日期的最后一天，一切都在按照计划进行。还在这个期限前两天，我就已经可以开始将准备好的支架架设到有着厚厚的、涂上焦油的方形橡木板的现成桥墩上去，而这些橡木板都应当用一种特殊螺旋铆接方式来固定。这些木板都已计算好，要使甚至连重型的和最重的车辆和火炮都能从桥上通过。在这最后一天，工作进展顺利。接近目标的感情赋予人们以勇气，立即就要脱离危险地区的希望——因为现在白天黑夜都可以听见远处掩护撤退的战斗的喧嚷声——给人们以鼓舞。我通过我们用木板搭成的狭长走道，将架设桥梁还需要的方形木板的一半让人运到河对岸——我自己承担这种风险，慎重计算这一措施可能得到的结果——这样做的理由是，在最后一天可以开始从两边架桥。尽管有上面提到过的鼓舞，但我却用这种方式把某种非常有益的竞争、一种竞赛的热情带进了这两支受权从事这项工作的队伍当中。这种热情在我多年的工作中证明是非常有用的。一共还有一百二十名工人留下来从事这项工作。我把他们分成两个队，每队六十人，分别由施努尔和施奈德带队。剩下的八十名——正如所预料的那样，其余所有的人都退出这项工作——我已经雇来装运剩下的物资，还有工具、炊具以及诸如此类的东西，因为我的雄心就是：在同一分钟向东南建筑工程义务劳动最高领导既报告大桥完工，也报告整装待发的消息。

这最后一天的中午时分，两个队已经非常接近，我完全可以放心大胆地将休息时间延长半个小时了（顺便提一下，正如我后来所看到的那样，这样做完全违背人们的意愿，因为他们现在宁可一鼓作气，把这项工作做完，以便摆脱这越来越危险的境地）。可是人们明显的热情和精疲力竭使我变得宽容，就同意识到接近完成一项既精心计算，又进展神速、准时竣工的建筑工程使我感到自豪一样。建筑部门那些曾经多次在总部的几位先生陪同下视察我工作的负责人也让我明白，现在第一个荣获十字勋章的人肯定是我。

休息之后，工作进展迅速，就连物资装运也有很大进展。我已经发出了好几车物资。

战斗的喧嚷声仍然持续不断，这种喧嚷声现在更为接近，好像咄咄逼人地集中在某一点上。我们有时候不仅听到重炮命中时的爆炸声，而且还听到发射时的隆隆声。这些重炮的轰鸣差不多就像是在很不耐烦、万分气愤地敲打一扇人们想要用武力砸开的门。所有这些轰隆声，还有步兵武器的射击和坦克的隆隆声，伴随着我们这项工程的最后几个小时。我们的工程并未受到丝毫妨碍。当然，正如我后来听到的那样，这些准备给我们提供保护的坦克部队没有接到任何命令，就准备开拔。那两个指挥官，一个是中尉，一个是上尉，他们在不断地悄悄窥探建筑工地，很可能是想要弄清楚他们可以逃跑的时刻。

当大约三点钟左右，一个年轻的工兵少尉在一辆越野汽车上同两个士兵先行出发时，我才大吃一惊。这位非常讨人喜欢的、头脑清醒的年轻人对我解释道，他接到命令，在四点钟炸毁这座大桥。他可以给我出示这道命令的书面通知，而他所讲的战略方面的新消息，全都可以充分地解释他的任务。部队在另一岸的撤退工作差不多已经全部完成，唯一留下的一支较大的部队负责牵制敌人的主力，给敌人留下似乎要进行大规模抵抗的印象。当然——少尉私下对我讲这一点——人们暗地里放弃了这支部队，下达的命令是四点钟，不管情况如何，把两座桥都炸掉。

两支敌军的行军队伍分别到达两座大桥的时间估计至迟在四点半。统帅部看到自己无法把这两座大桥空出来，让还在对岸作战的部队有可能撤退，于是便冒着这两支队伍可能落入敌人手中，因而会有利于敌军前进的危险，下达了炸毁大桥的命令，而且最迟在四点钟。事实上还要早一些。然而这件事情也只有在附近看到敌军时才能进行。这种事情在我们这样的情况下极为不利，因为在贝雷西纳河右岸，森林一直延伸到河岸附近。

首先，我同年轻的少尉一道察看这座如今几乎就要竣工的大桥。他在这第一次于三点一刻进行的视察中，亲自找出安装炸药包的最佳位置。此外，他对工程的状况显出非常惊奇的样子：大概有人对他讲过，而且据他所知，这件事情甚至还通知了在对岸作战的那些部队的指挥部，这就是：估计贝尔科沃大桥大概要一个星期才能竣工。有一个说明也详细告诉了我关于这一奇特的事实，这就是：还没有部队作为整体，至少曾经试图跨过这座大桥。这座桥甚至在目前这种状况下，也照样会为机械化部队过河服务，再说，我当然不会拒绝任何人利用它。

我立即回到我的办公室，当着少尉的面开始用粗野的语言打电话。我给建筑工程义务劳动总指挥打电话说：对炸桥之事一无所知，所以我们要继续施工，直至收到命令为止。然后我需要差不多半个小时，通过多次遭到破坏的线路，同东南总司令部通话：证实给少尉下达的命令。

我的处境非常奇特，尤其是在少尉所有的说明在我看来都令人信服的时候更是如此。尽管我会为完成我的工作付出很高的代价，但另一方面我对于拿我手下任何一个人的生命去冒险，哪怕是比下达的命令多一分钟，我也丝毫不感兴趣。因此我再一次同建筑工程总指挥联系。建筑工程总指挥部同总司令部一样，其驻扎地都在西部大约二百公里处。总指挥本人相当不耐烦地命令我继续施工，只按原则办事。他逐字逐句地给我解释道：这并不是说，我们会由于一些可以说是非常确凿的事实就推翻我们的原则。接着他补充道：他每时每刻都在期待着同总司令部取得联系，希望从那里证实给少尉下达的那道命令。他挂断了电话。那时是四点差十分。四点钟大桥应当竣工。彼岸笼罩着一片令人不安的寂静。大桥只剩下大约七十五厘米的裂口即可合拢，它将会分秒不差地准时竣工。在我们的计划当中，还从来没有一个计划证明是站不住脚的。我对桥墩和螺旋铆钉的坚固性又做了最后一次鉴定。在此期间，就连所有的剩余物资都已装运完备，只剩下几辆用来载运工人的载重汽车正在待命，发动机已经发动，因为我已经下令四点零五分全体出发。

施奈德那个队的两个人在四点前几分钟安装最后几颗铆钉，而这时少尉已经开始安放接上导火线的炸药包。少尉在四点前一分钟，亲自来到大桥中间。当时我在那里参加最后几个桥墩的安装。他请我别再拧上这里的螺旋铆钉，因为这个位置正好是安装炸药包的最佳位置。可我却坚持不让，尤其是在我得到了总指挥明确的命令，要坚持我们的原则后，更是如此。少尉耸耸肩膀走了。我又瞥了大桥一眼，然后同施努尔和施奈德以及最后一批工人一道，走向临时工棚，以便分秒不差地准时报道贝尔科沃大桥竣工的消息……

然而就在这时，发生了一些可怕的事情。在一片死寂的彼岸，现在从树林里钻出来一些逃兵，这些人当中有一部分人背着伤员；另外一些人尽管已经精疲力竭，却在各顾各地休息着。因为相距很近，可以看到这些人的面部表情。甚至就连车辆也从林子里面开了出来。所有的人都在仓皇逃窜，人越聚越多，他们从树林里蜂拥而出，越来越多，很快就接近了大桥。此时此刻，这座大桥在他们看来，简直就是一个实实在在的、有神灵相助的希望，尤其是在我让人在大桥最高处的小道上安放了一根挂着卐字旗的旗杆，以庆祝大桥竣工后，情况更是如此。

这时，少尉带着他手下的人急匆匆地从大桥上走下来。他一边耸着肩膀，一边把他的手表伸给我看，现在是四点差五秒。他用另一只手指着几辆正向逃跑的人群开火、步步逼近大桥的俄国坦克。

刚看到导火线燃着，我自己便跑进办公室，极其仓促地同东南建筑工程义务劳动总指挥部联系。可是在我拨通电话通话之前，我这里的电话铃响了。我拿起听筒，听到总指挥的声音：立即停止大桥工程。他想挂上电话，这时我只好大声嚷着，按照规定报告道：大桥工程已遵照命令，分秒不差，按时竣工。可是他什么也不听……这时甚至就连我也几乎被炸毁大桥时震耳欲聋的轰隆声弄得头晕目眩。然后，我朝着我的汽车走去，同时也命令其他人出发。可是任何人也无法从我这儿得知贝尔科沃大桥被炸后的情景，因为我没有回过头去看。尽管俄国坦克的炮弹已经击中贝尔科沃的房屋，我仍然没有回过头去。但是有时候，我却认为看到了他们，看到了那些精疲力竭的逃跑者。这些人直至最后一刻都在进行抵抗，仿佛是在遵命从事，保护我们。尽管我并没有真正看到过他们，但我却看到他们在逃跑，看到他们脸上对于死亡或者被俘的恐惧，甚至还看到对于我们这些除了尽自己的职责之外，什么事也没有干的人的仇恨。

死者不听话

少尉说，我们应当卧倒，我们就卧倒。那是在一个树林边，阳光灿烂，正值春天，万籁俱寂。我们知道，战争现在很快就要结束。还有烟的人开始抽烟，而我们其余的人则试图睡觉，因为我们很困，我们已经有三天吃得不多，却又进行过多次反攻。真是静极了，在某个地方还有鸟儿在歌唱，整个空气中充满着和煦、潮润、温馨的气息……

突然间，少尉开始大喊大叫。他嚷道："嗨！"然后他怒气冲冲地喊道："嗨，您在那儿！"紧接着他大发雷霆，他气得连说话的声音都变尖了："喂，您，喂，您！您！"

然后我们就看看他指的是谁。在林间道路另一侧的那边，有人坐在那里睡觉。那是一个衣着非常简朴、身穿灰军服的士兵，他这时正靠在一棵树上睡大觉。这个士兵长满雀斑的脸上露出一丝微笑，笑得很甜。我们想，少尉也许发疯了。我们也在想，这个睡大觉的人很可能发疯了，因为少尉越吼叫，这个睡大觉的人就笑得越厉害……

那些已经开始抽烟的人现在停止了抽烟，那些昏昏欲睡的人现在非常清醒，我们当中有些人也露出了笑容。现在正是春天，是温暖而甜美的季节，更何况我们知道战争很快就要结束。

忽然，少尉不再叫喊。他跳起身，三两步就跨过林间道路，拍打着睡觉人的脸。

可是我们现在看见，这个睡觉的人已经死去。他一声不吭，便栽倒下去。他再也不微笑：他脸上露出一种可怕的冷笑。我们丝毫不同情那个脸色苍白、退回原地的少尉，因为我们再也不喜欢太阳，再也不喜欢这和煦、潮润、温馨的春风，战争现在结束不结束对我们都无所谓。我们忽然感到，我们大家已经死去，就连少尉也已死去，因为他正在冷笑，身上根本就不穿军服了……

失去的天堂

在这枝蔓杂乱的灌木丛中，老路很难找到，有一部分路简直就无法辨认。已经残缺不全的篱笆畅通无阻，长得过于茂密的灌木丛遭到踩踏，已经枯萎、腐烂。新的灌木丛长了出来，直至一种像毡子似的热带丛林最终把这些无人保养的道路变得无法通行。然后人们便肆无忌惮地踩出新路。这些路再也不是按照某个计划踩出来的，而仅仅只是图个方便。这样一来，各式各样的道路便从四面八方通向一座房子。就连过去那条围着公园绕了一个半圆形的主干道现在也几乎无法通行。草皮从它的边缘一直蔓延到中心，连成一片，而在松软的新草地上，接骨木和黄杨树，还有丁香花正兴高采烈地抽出新芽，已经腐朽的长椅上面满是树叶。位于道路弯曲处顶端的喷水池已经长满苔藓，同污泥和铁盒牢牢粘在一起。尽管春天天气潮湿，在喷泉当中却几乎看不见一点潮湿的痕迹。钢制的喷嘴被人当作靶子，被扔出的石头击弯。我发现正在嬉戏的孩子们的踪影。他们把污泥翻开，在某个地方挖一个洞，在洞底，一种黏稠的绿色液体清晰可见。现在我还看见，撒上砾石的大广场已被挖掘，被人开垦。人们把石头和扫在一起的砾石都堆在喷水池里。胡乱补上的篱笆圈住几窝蹩脚的甘蓝叶球，这些甘蓝叶球经过了冬天，有足够的时间腐烂。篱笆里面还圈住一些缠绕住枯萎的菜豆卷须的水管和几只必不可少的白铁桶。这些水桶里面的水绿茵茵的，一阵阵臭气扑鼻而来，同那种想必是隐藏在喷水池底部的水大体相似……

不过最终我也发现了一个人。在一个很可能是堆放园艺工具的棚屋后面，一位老人坐在一只木箱上，拄着夹在双膝之间的铁锹，嘴里叼着一只烟斗。尽管我回家之后的这个天气暖和、影影绰绰的午后让我非常希望能找到人，但当我真的看到一个人时，我却惊恐万分。我后退几步，使棚屋又把我遮住，让他看不见，也把他遮住，让我看不见。在这之后，我才环顾四周。

从这里可以清楚地认出公园的老样子。昔日撒上白色砾石的美丽、巨大的半圆形广场，如今已被胡乱栽上的篱笆，被冲压而成、已经锈蚀弯曲、似乎就要断裂的狭长金属薄板，被煤气管道和山毛榉树枝分割得支离破碎。尽管这个广场昔日平坦、整洁的边缘——那些灌木丛被弄得乱七八糟，遭到剪切、烧毁和践踏，但广场却仍然保留着完美无缺的那种温馨、奔放的美。那些考古学家说，没有任何东西像一个洞穴、一种在地里挖成的东西那样完好无损，几千年后轻而易举就能发现的了。这个满怀深情开辟的公园也同样被原封不动地保存下来。在明显可见的半圆弯曲处的顶端上面，是喷水池那小小的、完美无缺的圆圈。这个圆很完整，只是被弄脏了，主干道从大门笔直地通往这里。甚至在灌木丛那胡须状的、绿色的、压皱的碎枝烂叶中，还有一些人们从近处也许都很难发现的小路，如今可以看得一清二楚。这些小路在灌木丛变得绿油油的拱形背脊上，像一道道轻轻抽打的鞭痕一样完好无损。主干道左、右两边还有两条像音部记号一样的小路清晰可见。现在我终于敢对那座房子看上一眼了。白杨的幼芽又茂密又鲜嫩，光辉闪耀，生机勃勃。我透过一排白杨树的空缺处看到它。我还数了数树木，十二棵树当中只剩下七棵，而栽在两侧的那两棵垂柳却完好无损。房子正面几乎没有什么变化，呈灰白色，不怎么讲究，就好像有意让它这样似的。只是有部分地方大块的灰泥已经脱落，有几处犹如在水里浸泡过的一本旧书的书皮那样，有很大的、近于灰白色的污水斑痕。只有少数几扇窗户完好无损，装上了玻璃，而大多数窗户都贴上纸板或者钉上木板，剩下的窗户有一部分已经堵上，在中间开一些小窗户，这些窗户对于宽大的窗框来说，显得过于狭小。

在这一瞬间，我的眼睛只顾观看。回忆太多，感受太强烈，使我无法把它们表达出来。虽然人们能够称之为过去、回忆、青年时代、生活的一切，都把我同这个公园、这座房子联系起来，但我现在站在那里却无异于一个参观者。这位参观者在一座别墅室外的某个地方受到好奇心的驱使，穿过有缺口的篱笆，经过锈得一塌糊涂的大门，走进花园，以便观察遭到毁坏的痕迹。

人们痛苦万分地认识到在你这个年龄初期发生的这些内心深处的变化。人们满怀着不可名状的悲哀，离开童年时代的玩具和游戏场地，以便满怀恐惧、忧伤和喜悦地跨进成年人往往称之为生活的这种喧嚷之中。人们还要更加伤心地离开这座青年时代的住房，这个梦幻之乡，很可能在那时已经预感到，我们的回忆只不过是对梦幻的回忆而已。人们已经在这里尝到，当一个人不再是壮年人，而将成为一个垂垂老者时的这种不可名状的痛苦，而且首先感到的是那唯一保险的瞬间，到那时人们将越过死亡的门槛，以便走进另外一种生活。

房子的屋顶只有一部分还盖有深灰色的波形瓦，看来屋顶损坏得非常厉害，因为大部分地方钉着屋面油毡和铁皮，有一部分钉着花里胡哨的广告牌，我甚至透过小小的天窗，还看到一个洗衣角。在洗衣角边，有一些可怜巴巴的灰色尿布在微风中飘荡。在房子拐角的左边，悬吊着一截檐沟，同七年前我站在这里告别时一模一样。当时我曾经想过：他们必须叫人把它修好。我并没有想到：我不得不离开这里，而且不知道是否还会回来。我曾经想过，他们必须叫人把它修好。但是他们并没有修，那截檐沟依旧吊着，用一个夹子把它固定在房檐上。现在这个夹子已经脱落，檐沟在那里斜吊着，好像随时都会掉下来似的。在灰色的墙壁上，水的痕迹清晰可见。每次下雨之后，这些水便像倾盆似的哗哗往下流，流到墙上，然后再沿着窗户往下流，流出一道有白色、深灰色边缘的轨迹来。在这道轨迹的左右两边是巨大的白色斑痕。这些斑痕呈圆形，往外的一面，颜色越来越深，变成深灰。

这截檐沟在那里吊了七年。七个年头，哦，我离开这里走得远远的。我多次看到了死亡，觉察到了死亡，感觉到了死亡。我大吃大喝，也挨过饿，饿得开始梦见香喷喷的白面包，开始想象人们将会回想起，回想起这一切，人们将会分发面包，把面包分给整个的饥饿世界。我当时已经饿到那种程度，饿到再也不感到饥饿，而已经在睡着时充满了甜蜜的梦幻。这些美梦使人感到真正的吃饭——如果再开始吃饭的话——好像是某种非常令人作呕的事情似的。他们向我射击，几千次地向我射击，用步枪、投射器、大炮、船上的火炮向我射击，还使用了飞机、炸弹和手榴弹。他们击中了我，我感觉到自己的血，从头上流下来，又甜又稠，黏糊糊的，很快就凝固了，就在我嘴唇上。我经过积满灰尘的公路，走遍整个欧洲，我对自己的双脚再也没有知觉。我在昏暗的郊外跟在白颈项女人后面吊膀子，但却没有哪一次能搞到一个白颈项女人，哦，昏暗的小巷中的这些白颈项女人呀……在这段时间，我遇到过许多、许多的事情，而只要想起这件事就感到可怕：这些坏掉的檐沟仍然在这里吊着，整整七个年头，把雨水倾注到这栋房屋的正面。这块薄薄的锌板吊在那儿，在剩下的一个支撑点上吊了七年。屋面瓦已经飞走，树木东倒西歪，灰泥已经剥落。炸弹落向四周，落向城市敞开着的、环境优美的各个侧翼，落向由灌木丛编织而成的郊区。可是这块锌板却从来没有被击中过，或者被气浪掀离它那岌岌可危的位置，掉下房去。在这七年当中下过多少次雨，可是雨点噼噼啪啪地打在房屋的正面，却被砂岩般吸水的破屋吸收了，再一次向外蹭出白色和灰色的痕迹……

在那里，在一排白杨树的缺口使我能更仔细地观察这栋房子的地方，我看见挂在外面、挂在随风摆动的支架上的衣物，看见洗得褪了颜色的男衬衣，看见破破烂烂的女内衣，看见红红绿绿的套衫，看见各式各样的衣服，看见有个地方还晾了一床湿漉漉、沉甸甸的被子。这床被子恰似铅块一样沉重，好像要把支架拉倒在地似的。再也见不到任何熟悉的东西，我感到高兴，我过去就一直憎恨这栋房子，而只喜欢它的居住者。尽管公园和房屋犹如永不褪色的透明水印花纹一般，处处都酷似昔日的面貌，我却感到内心被屋脊上这块小小的锌板深深地刺痛了。这块锌板斜吊在支撑屋顶的小天使画像那百孔千疮的带状边饰上面……

已经有好一些时候了，我仿佛注意到在我视线的边缘有一个人像影子似的，这个人曾经坐在那里的长椅上。看来，他已经站起身，绕着棚屋的拐角走。现在，当我意识到他的存在时，我才想起，他想必在我视线边缘，像一个淡淡的影子似的已经待了好一会儿了，是几分、几秒或者几个钟头，我不清楚。他简直就像人们眼里的一小团灰色绒毛。人们正忙着查找这团绒毛，以便把它弄掉。我再一次转过身去，再一次目不转睛地望着这个公园，尤其是那些灌木丛，在内心深处痛苦地回忆起那张石头长椅。这些长椅隐藏在那些像音部记号一样的道路密密麻麻的符点中间。然后，我便转向我视野中这个勾起我回忆的、恭恭敬敬等待着的影子，向前走了几步。

直到现在，我一直在漫不经心地穿过这些小菜园。这时，正好到了一个有篱笆缺口的地方，尤其是在这里，到处都看不见一点儿播种或者耕种的迹象。我从一小块留有玉米茬儿的地里出来，走上一条羊肠小道，朝着棚屋的方向走了几步。

真好像我这三步就越过了听觉的界限似的。那个人友好地向我点头打招呼，用同样的话来回答我“晚上好”的问候。我刚站到他身边，就听到正在嬉戏的孩子们吵吵嚷嚷的声音，听到女人在叫喊，男人在吹口哨，以及下班后所有那些难以形容的嘈杂声。春天下班后，在一栋居住拥挤的房子附近，往往可以听到这些嘈杂声。收音机在毫无顾忌地哼着歌曲。现在，房屋巨大的入口尽收眼底。在这里，我看见两个年龄不大的女孩，她们在入口处巨大的砂岩柱旁玩红皮球……现在我才看见，在房子的左侧好像有一个被手榴弹炸成的大窟窿，这个地方用奇形怪状的灰黑色砖头堵上了。在白杨树之间，小孩子在一个沙堆上玩耍，别的人兜着圈子，用棍棒斗着玩。他们尖叫着，哈哈大笑。有一个人把一辆自行车倒立过来，卷着双袖忙活……

我身边的这位老人坐在一块马马虎虎钉在两根木桩上的木板上。我在他旁边坐下身来。他矮小、瘦削，虽然戴着一顶褪了颜色的水手大盖帽，我却从他光秃秃的鬓角和他脑袋上显而易见的、毛发全无的部分看出，他很可能是秃头。他那张瘦瘦的脸很容易就被太阳晒得黑黝黝的。他那双显得非常细小、非常呆板的眼睛十分友善地审视着我。我在他身旁坐下差不多还不到半秒钟，他看来就已经感觉到我正在又是闻又是吸他的烟草味。他一声不吭，开始费劲地在口袋里搜寻，而这时我已经伸手去摸我的烟斗……

“我没有小烟叶。”他说着，递给我一个镍做的烟叶盒……

“谢谢。”我说着，接过烟叶盒，赶忙把它打开，装好烟斗。

“还要火吧？”他问。

我点点头。

“谢谢。”我重复道，把烟叶盒还给他。

“您从……”

“从法国来。”我说。

“我正想说，看得出，所有的人都有自己的特征。不顺利吧?”

我点点头。

“是呀，是呀。”

同某个人一道抽烟斗，一道做那种共同的嘴唇运动，真美。这几乎是在吧嗒吧嗒地吸烟，是在轻声地、几乎听不见声音地喷烟，喷烟时把蓝色烟雾一起吐出来，而这些烟雾从肺里出来时还是灰色的……

我现在再也不看别的东西。我忽然明白过来，老人要问我的，正是大家都要问我的事情。我知道我肯定会拒绝，拒绝。他开口讲话时，我感到害怕，但他只是说：“您在这儿找人吧?”

“是的。”我轻声说。

“找谁?”

“玛利亚·× 小姐……一家。”

“哦，”他叫道。当他坐在我身边挨得这么近时，我感到自己永远也不会忘记他衣服上的气味。我觉察到他实际上把身子挪开了，离我远远的。“这位小姐!”

他很可能觉察到，我的心现在猛然间开始非常剧烈、非常急促地怦怦乱跳，也许他还看到我额头上冒出的汗珠。他肯定会感到奇怪，我突然把烟斗从嘴里拿下来，叹着气把烟斗的斗紧紧地捏在手里……因为他现在又重新靠近我，轻声说着，他说话的神情比他先前说什么事情时都要冷静："别害怕，她就在那儿……"

"谢谢。"我说着，把烟斗放进嘴里。我现在明白，我还有时间，还有很多时间。我自己都害怕这大口大口、很深很深地从我鼻子里呼出来的气。我并不知道，或者说不想知道这呼出的粗气。

我注意到老人在非常仔细地打量我这身业已破旧不堪的蹩脚制服。我感到他又靠近了一些。我闭上双眼，因为我知道他现在又要问我了。

"也许——"他说，"您认识他……"

我一声不吭。

"他是军士。格里特纳·胡贝尔特，我儿子，也在西线。也许您认识他……"

"哪儿?"我用嘶哑的声音问。

"法莱斯。"他说。我感觉到他正在急切地等待着……

"我也在法莱斯。"我一面说着，一面凝视着他。他也把烟斗从嘴里拿走，用右手握着烟斗热乎乎的斗。在他抿住的嘴唇上和眯着的眼睛里已经显出这样的神情，确信他从我这里也打听不到任何消息。"不认识。"我边叹息边说着，而且还摇摇头。然后，我又把烟斗放进嘴里，看着房子。

"真可笑，"他说，"那么多人都从那儿回来，可就是没有人认识他……”我想说点什么，可他却举起烟斗打断了我的话。“哦，我明白，”他说，“这样一个名字无关紧要。凡尔登也是一个名字，人们往往并不知道离自己五十厘米远的地方躺着的是谁，这些事我都明白……”

他打住了话头，抬起头来，因为从屋里传来一个年轻人高高兴兴的喊叫声：“爸爸。”

“好的，”他轻声说，“我就来。”他把烟斗杆放在帽檐上，向我致敬，然后便走了。我把他叫回来，我问：“她住哪儿……”

他马上就明白了我的意思，随后便用烟斗指着那间屋子，紧靠吊着的檐口那一间。

“谢谢。”我说着，目送着他，看着他走向那栋房子。他大概就像往常那样走着，走得很慢，步态从容，背有点儿驼。他在那排白杨树中间的石狮子上把烟斗敲干净，转过身来，再一次对我点点头。还有几秒钟，他就要走进那黑乎乎的入口消失不见了。我在这时突然明白，我在这几秒钟内明白了，我们对所有的事情都负有责任。没有任何东西会感动我们，当一个人向我们打听某个人时，我们都说不知道。我们不得不老说不知道，我们这样说并不感到这会使我们心碎，因为实际上我们是在说：我是我兄弟的守护者……

我知道她不在那里，可我还是猛然站起身来，跟在老人后面走进房子。我并没有一个劲儿地东张西望，可我却感觉到，闻到，而且在从旁边经过时也看到，这栋房子看起来就好像是有一个连的士兵在里面住了三个星期。楼梯栏杆差不多全都完好无损，只是偶尔有些地方缺一根板条。楼上黑乎乎的，我马上就看到侧面的窗户用木板盖住了，从木板之间的缝隙透进一缕缕死气沉沉的银灰色光线。从走廊的情况看，好像外面是一个阴雨连绵、冷森森、灰蒙蒙的冬日，而且是在一个不见星光、令人伤心的夜色来临之前的傍晚，天上浓云密布……

尽管我心里明白，她并不在那儿，但我还是疾步走向走廊尽头，敲完门，等着，然后又是敲门，又是扳门把手。当然一点儿动静也没有。我也没有觉察到任何动静。这段时间，我在那儿待着的这半分钟，我把自己给问倒了，为什么我一点儿动静也没觉察到呢？她偏偏保留这间屋子这件事说明了一切，说明了很多问题，可我却任何动静也觉察不到。最后我终于发现了一张贴在门上的纸条。我把它撕下来，借着从发出霉味的旧木板之间的缝隙透进走廊里来的一缕光线看这张纸条……

这是她的笔迹。我七点钟回来，钥匙在隔壁。M.O. 我把纸条塞进口袋里，去敲隔壁的门。我敲门之前，什么动静也听不到。可是现在我却感到一种沉闷的寂静，这种寂静使我的心脏感到压抑，就好像有人在把气打进我体内。这股气逐渐上升，越来越接近我的心脏。我又敲了一下门，紧接着便听到有人在低声耳语，有人从床上站起来，有一把钥匙在转动。我在朦朦胧胧的黄昏里看到一个非常漂亮、满头金发的女人脑袋。她蓬乱的头发散落在脸上。尽管我只看见她颈项上很小的一部分，但我明白，她没穿衣服。我也能料到会有这种事情。

“× 小姐，”我说，“请把 × 小姐的钥匙……”

“哦，”现在她说，“就是床上挂着的那一串……”

“好的，”我说，“……也许……”

她赶忙把门关上。我又听到了低声耳语。紧接着，便有一只赤裸裸、胖乎乎、非常漂亮的胳膊伸出来，把钥匙递给我。

我又走了回去。现在我明白，在这发出霉味的、可能总像是冬天的走廊里，在走到最近一道门的这三步时，我心里明白，当我走进房间时，要让自己不回首往事已经毫无意义。我把钥匙插进锁里，但随后便停住了。我紧紧抓住口袋里的那张纸条，我感到它好像就是捏在我手指之间的一个很小很小的硬纸球似的。

当时我还以为只是看到了她头发的头路。她的头路在我眼皮底下，显得垂直、干净、雪白、陡峭，犹如一条非常狭窄、亮丽的水道，湮没在她淡褐色头发那起伏不平的波纹之间。我的目光落到这条头路上，再也没有一个地方能重新相聚。这条狭窄的水道没有尽头，我感到我很伤心。哦，这条头路呀。

他在自己右胸感到她的心脏在跳动，非常均匀、轻微。他知道，这是一颗善良的心，对他充满着如此多的爱，使他在任何地方也找不到一种更为伟大的爱。他当时什么都清楚，知道他同她是如此亲近，他绝不可能、永远也不可能同她更加亲近的了。窗户半开着，公园的气味钻进屋来，这种气味芳香、浓郁，充满着迷惑人的腐臭。光线透过绿色窗帘照进室内，把她放在地板上的所有衣服都染成绿色。地毯和五斗橱，以及在上面放着他的腰带的那张椅子，一切都成了绿色和暮色，既温馨又美好，就连最廉价的银制皮带锁扣也泛着绿光。他清楚地看到国徽和月桂花环周围“上帝与我们同在”的凸形文字。看到她的衣服，看到那条棕色裙子和红色套衫时，他心里充满着一种无穷无尽的柔情蜜意。这种柔情使他忽然明白了，男人给女人许诺要把星星从天上摘下来是怎么回事。他的战地上衣摊开着，放在那里，所以他只能看到衬里和一部分镶上白边的肩章。他看到领结肮里肮脏。然而他那到处瞎看、高兴得到处瞎看的目光，却不能不重新回到她头上那条异常清晰、干净的水道上去。这条头路就在他眼皮底下。他明白这条水道没有尽头；他也清楚，他对任何人都不可能比对她还要亲近。尽管如此，她离他却如此遥远，远得像她头上的这条水道一样没有尽头。

他在自己的下巴颏儿上感到她热乎乎的鼻子，她呼出的气息抚摸着他的脖子。他感觉到，要是他不动弹的话，她是永远、永远也不会再动弹一下的。

他手里仍然拿着已经插进锁里的那把钥匙的圈柄，他感觉到她那张现在在他手里皱成一个小纸团的纸条。他咬着下嘴唇，同时还听到，在隔壁房间里，曾经说过“哦，就是床上挂着的那一串”的那个女人的声音，开始哼着一支歌曲。他从她的声音听出，当她做一次肺部深呼吸时，她的哼唱就停顿一下，现在还可以听到一个男声。

就连他当时也感到真的再也不想动弹一下了，他真想把自己的目光一再落入这条水道的深渊。有时候他真想摸摸那些绿色的、犹如一个陌生人蜕下的皮一般放在地板上的衣服，真想在自己右胸听听她心脏的跳动。她的心脏跳得很轻，很均匀。这是一颗善良的心，一颗幸福的心，一颗他永远也不可能感到在世界上还有比它更好的心。她贴在他下巴颏儿边的热乎乎的鼻子；还有那轻微的呼吸，犹如小孩子的呼吸一般，有规律地抚摸着他的脖子。

有时候他把头放到她的额头上养神，然后便可以在昏暗的墙壁上看到那幅巨大、沉重、漂亮的油画。它很可能是鲁本斯[①]的画，一个妇女泛着微光的、色泽鲜明的、粉红色的肌肉在深绿色的墙壁上显得过于逼真。不过这位妇女有一头银灰色的头发，这些头发现

---

① 鲁本斯（Rubens, 1577—1640），比利时人，佛兰德斯画家。

在也成了绿色。她那亲切友好的微笑并不是冲着他和她的，而是冲着非常遥远的地方。他在她额头上养神这段时间，当他笔直向上抬起眼睛时，他会看到白杨树的树梢已经变成银灰色，而且近在咫尺。他相信已经闻到它那清凉、刺鼻的气味。他通过白杨树之间的缺口看到远处，看到很远很远的地方，看到城市的边缘，看到红色屋顶，看到树上五彩斑斓的叶子，看到新教堂的灰白色尖塔和老教堂的黑色尖塔。这时他忽然想起，秋天已经到来，战争……

他既看到了所有的东西，同时又什么也没看到。他看到地毯上的图案，看到各种颜色总在不断变换的回形花纹。这些回形花纹相互交错、相互重叠，然后再相互重叠、相互交错，在交叉点上有巨大的彩色花朵。他看到浅褐色梳妆台边的那些小小的破损处，看到她放在屋子中间的长袜上有一个诱人的、透亮的小窟窿，一个绿色的小窟窿。而在他观看所有这一切时，他什么也没有看到，只看到在她头路尽头的那极其遥远、不可企及的远处。

四周如此宁静，人们简直不能相信会有战争……在他背后，在淡黄门外的这些走廊上洋溢着那种亲热、美妙的友好情谊。这种情谊在鲁本斯画的那个妇女脸上可以看到。这位妇女看见他们躺在那里，却没有理会他们。在半开着的窗户外面，在公园里，仿佛聚集着大量浓郁、美好的秋天的气息。一种飘忽不定的、深沉的恬静笼罩着这间屋子，绝不会有任何人再踏进这间屋子，如果他们不愿意，也不会让任何人走进屋来……

但他心里明白，现在不仅仅是秋天，而且还有战争……在变得清醒后，他的目光便落到了她头上的这条美妙明亮的狭窄水道上。就从这一瞬间开始，他就明白，他得起床，得离开，然后又必须再回来。他明白，他当时最怕的就是再回来。他明白，这个肮脏的领结很快又会触摸他的脖子，他又会面无表情地让人训斥。有片刻工夫，他感到，他好像看见远处，看到城市边缘，那里已经被夷为平地，没有尖塔，平平的，犹如没有教堂的村庄的瘦削剪影……

忽然，他感觉到她的睫毛在他脸上轻轻擦过。他知道，她在睁开眼睛。这时他忽然想起，自己精赤条条。然后，他非常清楚地看见她的头发，看到她的头路并不长，在头路尽头是枕头的白色。他好像从昏迷状态中苏醒过来，一切都挪得更近了，就好像通过望远镜把所有东西都拉近了似的。他觉察到园圃里有浓烈的气味，乌云密布。他闻到她的肌肤，听到下面的平台上有几个人在轻声聊天，听到杯子在叮当作响，以及一个女人怪声怪气的哈哈大笑。那时他又忽然想到，下面坐着的那些人都知道这种事，可就是没有任何人会说出点什么。

他对几分钟之后所做的一切都看得清清楚楚：他穿上衣服，吻她的额头，蹑手蹑脚地走出去，从后门溜走，以便再也不回来。

在他忽然想起自己正精赤条条这一秒钟，他看见她在第二天早上起床，到了下面，但并没有人问起那些事。只是到了有一天，才有人笑眯眯地谈起女邮差要送来的一大批信件。后来他好多次、好几千次地看到她在这里拿着信匆匆忙忙跑上楼，砰的一声把门打开，赶忙用背靠着门，全身颤抖着把信的边缘扯破。

当他穿过后门，穿过这道锈迹斑斑、嚓嚓作响的小铁门时，他已经明白，他再也不怕死亡，却总是害怕活着……

他放开皱成一团的纸条，他感到自己的两只手都出了汗，湿漉漉的。紧接着，他赶忙转动钥匙，把门撞开。

他快步走过地毯，急匆匆地从床边走过。床依旧放在窗户右边。他要让自己的目光从洞开的窗户往外望，望到公园里。光线只有通过拉上的百叶窗狭窄的缝隙照进屋来，而在这种光线下，好像屋子被切割成各种各样、相互紧挨着的平面似的。屋子好像到处都是明亮的玻璃，但这些玻璃似乎又被一层层小小的阴影相互分离开来。他能看到的一切都被画上了一明一暗的条纹。毫无疑问，这一切都是真的。就连那幅画都还挂在墙上，它同这种深绿色的墙壁裱糊纸相比，仍然显得过于明亮，过于有生气。这张脸、这个五斗橱、这张床也有横条纹。他匆匆瞥了一眼玻璃柜，玻璃柜里好像塞满了破破烂烂的东西。在床和窗户之间还有一个写字台。窗台下面，一切都是黑乎乎的，只有那些明暗条纹极其微弱的反光映照着。他闻到一股焦味，在那里，在这个窗台下面很可能有一个炉子……但是所有这一切都只是他仓促之间感觉到的。他本想首先快步走过房间，砰然一下把窗户打开，占有这个房间，但在走出这第一步之后，却感到一些奇怪的事情，一些并不具体、空空洞洞、无法形容的事情。这些事情使他想起，这不是他自己的房间。所以他既不能占有她，同样也不能占有这个房间。这是一些奇奇怪怪、闻所未闻的事情，这类事情在同一瞬间使他充满了一种从未见过的妒忌心。这种虚无缥缈、毫无价值，但又是简直无法形容的、确确实实的东西使他感动。就在他受到感动的这一秒钟，妒忌的剧痛使他心如刀割。他心里明白，他并不关心这种事，不怕这种事，不去重新占有她，而是要知道，他必须为占有她而斗争……

他在距门槛一步之处停留片刻，考虑他是否应当开灯，寻找某些踪迹，寻找那些可以尽可能地给他说明这种陌生而又可怕之事的具体东西。但他立即就明白过来，这里没有任何近在咫尺的、明显可见的东西，或者说与近在咫尺、明显可见的事情相联系的东西。此外，他也清楚，即使这里有这类东西存在，他也无权去寻找……

他慢慢退回去，重新把房门锁上。

在隔壁房间里，男女声之间的对话现在声音变得更大，也更清晰，他甚至还能听清楚某个词。可是它们却像无法到达他身边的子弹一样，在他身旁落了下来。

在离他身后比较远的某个地方，有一道门哗的一下打开了，然后又重新关上。有片刻工夫，有一截发出霉味的走廊洒满了灰白色的光。其他的门打开了，紧接着又关上了。脚步声顺着木楼梯直往楼下，渐渐远去。他现在明显地闻到鱼和切开的洋葱味。他曾经靠在门框上，他现在清楚这意味着什么：她的心脏跳动了二十五年之久，可他却仅仅只有半分钟才感觉到她心脏的跳动。她的头脑思考了二十五年之久，有几百万、上千万的想法，他所了解的只是其中的一小部分。他当初以为占有了她，最后占有了她。他想得太多，总以为自己怕遇到这种事，怕再回来。可现在他清楚，去想这种事情既荒唐又愚蠢。他根本就不了解，根本就不了解值得称作占有物的东西。他同其他人一样，也可以从海里取一桶水，然后便说，大海属于他。他甚至连她喜欢吃什么也不知道。他不知道她怎样生活，靠什么生活。他试图想象，她坐在有轨电车里，从车里往外看，看那些映入她眼帘的东西，看行人、店铺、动物、房屋、废墟、鲜花和树木。她针对所有这些东西，针对鲜花、树木、动物、行人和店铺的每一种想法，她一分钟就考虑十次的每一种独特的想法，都是一个特殊的世界。在她脑海里，有几百万这样的世界，这样的回忆，这样的梦幻，他却只知道极其少数的一点点，所以他现在感到非常难过。他站在发出霉味的走廊里，靠着门的镶板。这时，走廊里散发着越来越浓的鱼味和洋葱味，同时还开始散发出浓浓的醋味。

他醋劲儿大发。这股醋劲儿犹如一只钻进他心中、如今把他撕成碎片的猛兽……哦，他真想就像当初曾经完完全全地占有过她那样，完完全全地占有她，但又知道她头上那条亮丽的水道永无止境，他无法走到尽头……哦，他憎恨她那根他试图想象到的鞋带，憎恨一根棕色的、有点破损的鞋带，在鞋带吊着的、长长的两端，很可能有已经干结的脏东西牢牢地粘在上面。她依然是那样窈窕，那样不大修边幅……

哦，当他刚跨出进入她房间的第一步时，他遇到了这所有的事情，遇到了与她有关的一切东西、一切想法的这种可怕的、模模糊糊的陌生感。他畏缩不前，就好像遇到一堵墙似的。这堵墙虽然并不厚，黑乎乎的，但却陡峭坚固，不可逾越，矗立在他面前，高耸入云，直至天涯海角……

他深深地叹了口气，但这时吸入的却是混浊的、使走廊里烟雾弥漫的雾气。他吸得很多，很快就感到一阵恶心。这时，他猛然想起，他又饿又累……

他感觉到，他的脸很快就瘦了；他两眼疼痛，在眼窝里，感到一阵阵使人憔悴的、剧烈的、钻心似的痛苦，他过去在不眠之夜的末尾就经常感到这种痛苦。他小心翼翼地把钥匙又插进锁孔里，踉踉跄跄地走进屋里，随手关上房门，慢慢取下他用一根长长的带子背在背上的面包袋。然后，他弯下身子，在门后面左边的地毯上摸索着，寻找着，让身子往下滑。现在他感到平躺着很不错，便把两腿伸直，把袋子放在头下，就像他多次把它放在头下那样……

看来没多久就是七点钟了。虽然他明白，她的心在为他跳动，它为他深情而平静地跳动着，还没有一颗心比它跳动得更深情的，但他这时在心灵深处的某个地方仍然感到，她不会属于他。他不得不把她交出去，交给他还从来没有如此强烈地感受到的东西，交给某种无法形容的东西。这种东西从她那已经破损的鞋带一直延伸到那些云雾，她有时候抱着他根本不了解的想法所观察的就是这些云雾。他将会失去她，把她交给那个世界，那个往往使他很容易就想到死亡，却很难想到生存的世界……

在门和一部分墙壁上面，窗户现在再一次用它的黑白条纹画上了放大的标记，一个正在洇开的投影，色彩柔和，线条模糊，白条纹明亮清晰，黑条纹模糊不清。现在他看到，过去挂在下面门厅里的那幅巨大的黑色耶稣受难像，如今挂在这里……

他忽然又感到，这个并不属于他的房间的陌生感，这种由软皂、衣服和淡淡的香烟烟雾散发出的芳香使他心情沉重。他又猛然站起身来，急急忙忙收拾起面包袋，打开房门。当他再一次转动锁孔里的钥匙时，他在考虑，门上这张纸条会是给谁留的呢？不过这个念头并没有引起丝毫的嫉妒心。哦，他并不嫉妒别人。所有的人都一样，他们都孤独。他嫉恨这个世界，嫉恨必然充满她满脑子的这些想法……

在面向走廊的那些门当中，有一道门现在老开着。他马上就发现，做饭时的鱼味、洋葱味和醋味就是从这道门后面钻出来的。看来那间小屋已经烟雾弥漫，所以令人作呕的温热烟雾扩散到走廊上来。他还听到，看来是把生土豆倒进有热油的锅中发出的嗞嗞声，然后是慢慢煮开并开始煨热的嗞嗞声。现在从这道门里又冒出深灰色的烟雾。这些细长、轻柔的成团烟雾逐渐消失在楼梯间。声音很大，偶尔有一道门打开。他慢慢走向那道洞开的房门，在对面的墙边站了一分钟，打量一个胖胖的、年纪不轻的矮个子女人。这个女人把左手放在胸脯上，用右手慢条斯理地翻动着锅里的土豆。在一张显得肮里肮脏的桌子上放着一个很大的瓷碗，碗里盛着几条浸泡在醋里的淡青色的鱼。他认出了周围那些白色的、已经变黄的洋葱圈。炉灶边那个女人有一张深色的、差不多是深红色的脸。他感到恶心。她的左手放在一丝不挂的胸脯上。整个房间只有通过一块很小很小的窗户玻璃透进光来。这块玻璃在一个狭窄的木框里面，嵌在砌筑得很粗糙的石头之间，看来是无法打开的。在橱柜上——外层是已经用坏的劣质红漆——放着一只筒状面包箱和一个案秤。他看到那儿放着一个闹钟，发现此刻是六点四十分……

他慢慢退回到楼梯间，往楼下走去。天花板和墙壁上的白色石膏花饰只不过像一些肮脏的大型岛屿似的残留着。对这些岛屿，大多数人们都要吹毛求疵一番，说什么话的都有。

当他顺着楼梯一级一级往下走时，他在考虑自己是否该走。

也许——他这样想——这样更好些，我现在就走，在我明白我必须走之前就走，也许我避免了使这位咄咄逼人的天使去完成这样一个对她而言是非常痛苦的任务吧：免得她用剑来把我赶走，免得她用火把和剑来监视我走出门去……哦，也许我可以拜倒在天使的脚下，这两分钟可以蹲在门槛上，蹲在附近，可以一边蹲着，一边承受我最近三十年生活的重担。

他在一个台阶上停下来，通过用作遮拦的木板上面的一个窟窿，看到花园的后面部分。那道生锈的小门还在那儿，他当时就是穿过这道门离开这栋房子的。这道门通向邻居的地产。邻居家的花园受到精心保护和照管，就连那栋房子也是重新翻盖、重新粉刷过的，显示出一种富有、安全和宁静的意味。一连串又大又长的店铺光彩夺目、富丽堂皇，它们为了夜晚的宁静或者夜晚的节庆，同样得把长长的、诱人的、又高又窄的窗户关闭起来。草坪的土已经翻松，重新播种。他看见翠绿泛着细微、珍贵、柔和的光辉，看见春天这柔软的绒毛。他看见三色堇栽得整整齐齐的苗床，注意到一位年轻苗条的夫人与她那同样年轻苗条的丈夫并排走着。他们面带笑容，步履缓慢，趾高气扬地绕着圈走，欣赏他们的花园。那位女郎穿一条长长的深褐色裙子，比她那浓密的、泛着微红光辉的头发颜色要深一些，一件领子高高的黄色套衫只让人看见她那雪白颈项的一道窄窄的条纹，这条纹看起来恰似一个珍贵而朴素的领圈。这两个人活像是用高超的技巧上紧发条的木偶。他们的笑容技艺高超，表现细腻，分寸得当。他们的姿势和步伐排练到了炉火纯青的地步，人们用不着去说明他们就是一部有美好结局的电影里的配角演员。

他慢慢往前走，走到底楼。他现在看到，孩子们仍然在入口处玩球，像他们那些胀鼓鼓的皮球一样，在光线明亮的门口灰白色的框子里兴高采烈地飞来飞去，轻轻地碰到砂岩柱上。这真美啊。与此同时，他还听到在竞赛中两个女孩清脆、热心、孜孜不倦的计数声……

现在，当他来到外面时，他才看到，就连地下室也不得不住人。生锈的褐色管子从洞口伸出来，烟雾就从这些管子里冒出来，厨房里的各种气味好像随着这些烟雾钻了出来。他看见在一半伸出地面的窗户后面，有些地方有黄晕昏暗的灯光；他听到收音机的声音和人的声音。他忽然感到，他两只手表面上是毫不在意地揣在口袋里，实际却因为恐惧而被汗水弄得湿漉漉的：他害怕这种在世界各地从令人作呕的机械装置那谄媚奉承的喇叭筒里吹出来的音乐，害怕这些逆来顺受、柔声柔气、谄媚奉承的声音。这些声音以其心平气和、柔声柔气的自信把世界搅得很不安宁。人们无论在什么地方都会受到这些声音的侵害，无论在什么地方都会受到这种谄媚奉承的音乐的侵害。这种音乐犹如一种喋喋不休的花言巧语，从几百万只喇叭筒里放出来，灌进人们的耳朵里。在世界各地也都散发出洋葱味、鱼味、醋味和土豆的气味。他真想深深地埋进地里，就是在那里还要把耳朵塞住，只是偶尔舒一口气，小心翼翼地倾听寂静的歌曲，倾听天堂里那柔情蜜意的、业已失去的一席之地。

他在口袋衬里的内侧把手擦干，慢慢走向他几分钟前同那位老人一道坐过的长椅。他期待着与她重逢，已经等了多年。但是在这之后，他还要再等上两个小时。这使他感到很不耐烦。这种急躁情绪也使他下不了决心。他不知道自己该往哪儿走。他清清楚楚地看到她那间屋子的白色墙壁。在墙上，百叶窗的亮光和黑影构成银色的和黑色的图案，在门的上方，是画着白色身躯的巨幅黑色耶稣受难像。他渴望躺在那儿的地毯上，把面包袋枕在头下，仰望着耶稣受难像，等待着，也许还要睡上一觉。但他明白，他马上就要逃离这个陌生的、彻底的空虚。这堵虽然看不见，但确确实实是薄薄的、无法形容的、牢固的黑墙妨碍他走进房间，打开窗户，把一切据为己有，重新把床、把从窗户望出去的那一番景色据为己有，妨碍他眺望城市那遥远的地平线。如今地平线剃得光光的，就像当时在两分钟的时间里他有一瞬间所感觉到的那样。哦，他心里一直明白，这已经无可挽回，然而现在要实实在在地经历这种事，却是十分可怕的。再不，再也不……哦，他明白，她永远也不会忘记他。他目光的痕迹在这间屋子里所有物品上面是无法根除的。他的目光在她额头上和画像上，在地毯上，以及在地平线上和她身体的每一个细小部位上留下的痕迹，比最强有力的笔勾画出来的既大胆又高贵的轮廓还要清晰。

在花园的另外一个地方，他看见一个男人在拿着铁锹和锄头干活。他向他走去，打量着一张带有倦意的、并不友好的面孔。他把还有半袋的烟斗点燃，又坐到长椅上去，瞪着地面……

地面呈褐色，深褐色，有点潮湿，还留有当初铺了半个圆圈的那种白砾石的痕迹。白色的小点变成了褐色，被压进路面，踩进地里。在有些地方，被踩进路面的是已经腐烂成黑色的玉米茬儿、生锈的钉子和燃烧过的黑头火柴，在这当中，还有半颗被踩进去的黑色裤纽。

现在去想在那里，在如今四周肯定杂草丛生的灌木丛里，在音部记号式的道路当中那些粉白色的长椅，在他看来十分可笑。他曾想再去寻找一次长椅，寻找在小树林左侧的那条长椅，在灌木丛中为自己开辟一条道路，去接触它那冰凉、潮湿的表面，但只想起当时曾经有过的恐惧。那时候他同玛利亚刚离开那个小树林，离开那条长椅回来，他们刚走上平台。在这个平台上，笑声朗朗的人们在暖和的秋夜，沐浴着宜人的潮气，一边轻声聊天，一边喝葡萄酒。

他曾经伫立在喷泉边缘，望着她的房间，就是在楼上，在悬吊着的檐沟旁边的那一间，他已经感到了分离的痛苦。那栋房子静悄悄地待在那儿，被暮色笼罩着，在一排排白杨树之间可以看见妇女们亮闪闪的衣服和雪茄正在燃着的火头儿。他听见一位年轻妇女的声音，人们邀请她唱歌。当时这栋房子只有几个人住，这里总是冷冷清清的，总有点儿东西掉下来。

他离开了喷泉边缘。他看到悬吊着的檐沟时曾经想过，他们一定会让人把它给修好的。他同玛利亚一道走过人群，进入她的房间。进门后她走在他前面。他在走廊上的半明半暗中看见她那身灰衣服长长的下摆，她雪白的颈项。当她转身进入房间时，看见她模糊的侧影……

后来在罗马尼亚，在一个白色城市，他有一次走出一家店铺，去高价出售两块手帕和一双短袜。那是傍晚时分，在一些小巷当中，那些身穿灰制服的人，那些拖着白色燕尾服长长的燕尾的男士和女郎过着一种稍纵即逝、并不体面的生活。这里万籁俱寂，一团漆黑，弥漫着堕落的淫欲。前线已经临近，人们可以听见榴弹击中目标的爆炸声。这种声音并不远，它不像击中柔软、黏性的生面团时发出的那种沉闷的锤击声，而是很近，震耳欲聋，仿佛地球是一块风雨飘摇、可以用铁锤打得粉碎的、薄薄的一层胶合板似的。有时候甚至可以听见正在扫射的机枪的嗒嗒声，这种声音速度很快，使人绝望，犹如一个再也没有阻力、失去控制的刹车的嚓嚓声。这些巷子看起来好像空无一人，但低级下流的生活比比皆是。他在这样一个巷子中随便走进一家店铺。他推开一扇通往暗处的门，在昏暗中发现自己正在一个旧货商店。在那里，在昏暗中，散发出霉臭味的衣服就像尸体一样，用黑魆魆的支架支撑着，挂在衣架上面。这些尸体的脑袋必须让人挂上，他们的大腿好像已经被人砍掉。在衣架后面，在略带蓝色的架子上放着一些破烂货，有家用器具、小人像和肯定派不上用场的钟。他紧紧扶着肮里肮脏的小柜台，点燃一支香烟。忽然，在柜台后面不声不响地露出一张小个子犹太男孩苍白的脸。这张脸上充满着调皮、恐惧以及他那个种族无比忧伤的神情。他把自己那两张崭新的手帕和那双短袜放到柜台上。那张脸轻轻地颤抖着，紧接着这个男孩就被一个身穿皱巴巴的黄色成套女装的妇人打发走了。当他看到她的侧影时，他感到好像这就是那一瞬间玛利亚的侧影。当时他们从花园回来往楼上走，她走在前面，他看到了她的侧影。这个女人默默无言地点点头表示问候。他看到她俯下身去看那些东西，他感到她那浓密的头发好像染上了很深、很深的绿色。她的两只手在触摸衣物。他看见她的手很小，非常纤细，非常小巧，就像一双小孩的手。衣物非常轻巧、非常利索地在柜台下面消失不见了，一张浅蓝色的钞票放在了柜台的黑木板上。但她突然用一只手盖住了这张钞票，然后抬起头来。她的脸庞俊俏秀丽、十分苍白，有一对紫色的嘴唇。在这张脸上显露出一种犹豫不决、无动于衷的神情。他赶忙把钞票拿过来，砰然一声随手关上房门。他心里明白，挂在衣架上的那些衣服现在正轻轻摆动，那些小人像和家用器具正在相互碰撞，发出叮叮当当的声音。他冲向大街。尽管大街上挤满了逃难的人群，有些地方堵满了被打得无法动弹的坦克、马车，尽管发布命令的尖叫声试图唤起人们的紧迫感，他还是走进一家小酒馆，把钱用来醉酒。小酒馆里有一大群士兵，他们说，还有的是时间，情况根本不是这么糟糕，俄国人还没有力量继续往前推进。他在那儿听说，如果还可以称之为是一条战线的话，那么前线就在城外两公里的地方。他把对于这家挂着那些衣服的旧货店，对于那个男孩和那个女人的侧影——就是她带着懒洋洋的殷勤劲儿冲着他嫣然一笑——的全部恐惧，同葡萄酒和烧酒一道，都喝了下去。因为他在一个偶然的场合受了伤，腿下部有一些轻伤，后来一个上士看护兵还让他跳上一趟驶离火车站的伤兵列车。这时，火车站上每隔几分钟就有俄国人的榴弹有规律地、从容不迫地击中目标……

他现在看见自己那双鞋子的尖头，这双鞋头为黑色，同略呈褐色、用砾石嵌上的地面形成鲜明的对比。他猛然想起了一切，想起了驶向黑夜的昏暗的列车上，后来从某个人那里得到一截散发出浓浓的大蒜味的香肠，一个吃起又干又有霉味的面包。他当时渴得要命，一直等到很久、很久之后，等到他们在车上晃荡了整整一夜之后，他们才在一个车站得到了一点儿咖啡，满满的一小铁盒。有一群沉默寡言的人在这个车站黑魆魆的站台上过夜……

他的情况经常如此，他只要想起某种东西，想起玛利亚的颈项或者她的侧影，立即就有一大堆事情从他记忆中接踵而来，仿佛最初那个小小的念头只不过是一根长长的、很长很长的链条上面的第一个环似的，不管他愿意与否，他都必须让这根链条从自己身上滑过去。但他使劲掐断了这些想法，重新望着他那双英国军用皮鞋的黑色鞋头，试图想象会发生什么事情。

有时候他试图想象，他一定会找到一封信。他凭这封信会挣到一些钱，这些钱足够他躺在这个房间里，在这张床上。现在他试图设想，他怎样躺在这张床上，两眼又怎样盯着总挂在他视野范围内的那幅耶稣受难像。玛利亚会站在炉旁。她窈窕妩媚，有点儿束手无策。他会对她讲，请她千万别用醋和洋葱片焖鱼。也许窗子会开着，会下雨，雨水会顺着坏掉的檐沟往下流。白杨树会起到隔音的作用，会使无数无线电收音机的回音又回到她的房间。

但他忽然发现，现在另一双鞋进入了他的视野。这是一双干净、发亮、非常精致、非常漂亮的棕色男式低帮鞋。这双鞋看起来好像是放在橱窗里似的，但它就在小路边上，离边缘很近，鞋跟有一半悬在紧挨着边缘的沟上面。他总以为自己这双鞋，他们在军营里面发给他的这双黑色英国军用皮鞋好看，但他现在看到，同这双漂亮、精致、光亮、看起来就像从橱窗里取出来的鞋相比，他的鞋显得粗糙、丑陋、不像样。不过在橱窗里，鞋上面没有裤子，没有质地柔软的、浅褐色的、差不多是本色的漂亮裤子，这种裤子上熨出来的褶儿看起来就像是一把长长的、锋利的刀子。他敲干净烟斗，又忽然想到，他抽完剩下的烟用不了三分钟的时间。他想到，三分钟是一段很长的时间，比很多、很多年还长。他抬起头，看见一张脸。他明白，他永远也不会躺在床上，在他的视野里，永远不会出现绿色墙壁上那幅黑色的耶稣受难像；玛利亚永远不会站在炉旁；他永远不会让雨水顺着坏掉的檐沟往下流。他明白这种事情，尽管他知道，人们可以防止一切，除了死亡之外……

这张脸很文静，宽宽的，嘴过于小了一点儿，眼睛过于细了一些，不过额头倒是高高的，很漂亮，只有头发鬈曲，毫无必要地梳成整整齐齐的波浪形。他对留着波浪形头发的男人总有一点儿反感情绪……

这个人用他的双手拎着一个棕色公文包，用拇指紧紧夹住这个包。他头戴一顶颜色很浅的灰色软帽，帽子的防汗皮圈非常干净。

这个人对他说："啊，我看见，您就是她床上挂着的那张照片上的人。"他说的是刚才他对那位有漂亮脑袋的女人说过的同一句话——"是的，很可能。"

然后，他把那只一直捏住纸条的手从口袋里伸出来，小心翼翼地打开纸条，把它递到他面前说："这肯定是给您的……"

"是的，是的，"那个人说，"是给我的，就是说，八点钟。"接着，他看看手表说："还有一个多小时哩。"

他们俩都在打量对方。那个人咬着下嘴唇，而他这位坐在长椅上的人现在也明白，她属于那个人，只属于那个人。世界上没有任何东西，也没有任何人能把她从那个人身边夺走，这就像他很清楚，自己不会躺在那儿的那张床上一样……

现在，他们的目光都在躲避对方。后来，他又看着地上。他看见那个人的鞋在焦急不安地走来走去。他提起脚尖，又放下脚尖，提起脚尖——这位坐在长椅上的人看见，在按照规定相互分开的鞋头之间，有半颗牢牢陷进地里的黑色裤纽。

"也许——"现在这个声音在他头上说道，"要是我们在这个钟头谈一谈，倒是不错的。"

我站起身跟他走。当我站起身时，在这十分之一秒钟，在这一小段零零碎碎的时间里，我心里明白，我已经失去了她，最终地，而且是不可避免地失去了。遇到花园小径太窄，没有位置让我们并排走时，他就走在我前面，像这样走一秒钟，待我们走到比较宽的路上时，又让我同他并排走。我们默默无言地顺着这条又长又直的路往回走。这条路穿过小树林，通向外面，直到那道再也没有人打开过的、生锈的门。然后我们往左拐，拐了一段路途，好走到一个院墙缺口去。我现在看到，在外面那些树木茂密的绿色顶盖下面停着一辆车，一件黑色、精致、行驶安全、质量上乘的物品，它性能可靠、干干净净、坚固耐用。离最宽的下车口越近，我们就走得越慢。现在我们停下步来，相互打量。我看见他现在全身发抖，他的嘴唇在颤抖，那张坚定、宽阔、匀称的脸看来已经变了样。他对我说："从昨天起，她就是我妻子了，没有人知道这件事。"我只是点点头，看着地上，然后再望他一眼。

他眼里显露出一段令人难以置信的实情，这一点他是无法意识到的。他无法意识到自己的痛苦，自己的贫穷，自己的抽搐以及自己整个的、尚未意识到的痛苦——而实情却是：有些东西人们既无法买到，也不可能通过任何方式获得，而只能由别人赠送，在这些东西当中有一种，那就是爱情……

我又点了一次头，随即便离开了这里。我小心翼翼地翻过院墙，穿过林荫大道，经过一条没有树木、难以通行的公路回到城里，以便从那个火车站出发。现在，太阳在我身后已经落到地平线上，它把我的影子乱糟糟地扔到我的面前，使我连自己脑袋的巨大圆点都很难辨认出来。只是在出现一种障碍、一段篱笆或者一座茅屋，或者一堵颓垣断壁时，我脑袋的影子才会在我面前停下来，不断地长呀，长呀，直到它长得超过对象的边缘，然后再扩大，扩大，扩到我面前，接着便超出我的广阔视野，向远处飞去，使我再也无法看到它。我心里明白，我永远不会，永远也不会赶上它了……

美　　国

我看到胡贝尔特正躺在床上。他把床挪到火炉边。他在炉子里把几个旧木框点燃，燃起一道小小的火苗。这个很大的房间当然暖和不了。炉子四周是某种人体温度的一个小岛，而其余的空间，包括所有的绘画、画架和橱柜在内，却都冷冷清清、孤苦伶仃地待在那儿。胡贝尔特膝盖上摊着一幅已经开始的速写……但他并没有再继续画这幅速写，而是在神思恍惚地凝望着他褐色被子上的某一个斑点。他用微笑对我表示欢迎，把画放到一边。从他可怜的、灰色的大眼睛里，我首先看到的只是这种情况：饥饿和希望渺茫。不过我并没有使他的精神长时间处于期待的紧张状态，而是拿出新鲜的、香喷喷的白面包……他的两眼闪闪发光。“你发疯啦，”他说，“要不就是我发疯了……是你偷来的呢……还是我在做梦……要不然的话——”他做出拒绝的姿势，然后擦擦眼睛。“简直不敢相信这是真的。”“请！”我说着，把面包拿到他鼻子底下，塞到他手里，把松脆的面包皮弄得沙沙作响。“现在，你凭所有的知觉，很快就理解了，感觉到了……依我看，你是发疯啦……可是不管怎样，我甚至连一次也没有偷过……请把它分开吧……”看来，胡贝尔特似乎终于相信了自己的知觉，大胆地抓住面包，好像怕扑空了似的。后来，他看清了面包是真的，于是便很有人情味地叹了口气，伸手从五斗橱里把刀子拿出来。这时，我从口袋里掏出烟叶，开始用我的小折刀把卷成香肠一样的烟叶切得很薄很薄，然后把这些薄片弄成碎屑，放到热乎乎的炉台上去。我想，这就是人们所说的烘焙吧。胡贝尔特用一种喜悦的目光看着我，贪婪地闻着，最后说道：“你成了一个圆滑的罪犯……”

最后，我们并排躺在床上，不停地从圆面包上弄下一小块面包来，把它们塞进嘴里，每个人都津津有味地享用半个面包……面包香喷喷的，很新鲜，还有热气，又白又可口……面包是天底下万事万物中最好的东西。那些出于满足再也不吃面包的人是多么不幸……多么不幸啊……

胡贝尔特看来似乎忘了问我面包的来历，这叫我多高兴啊……我的上帝，万一他坚持要知道这件事情的话……他非常非常认真，像这样认真，只有一个艺术家才能做到！可他却在默默无言、高高兴兴地吃着。啊，还有一点儿面包的人是幸福的……

“你知道，你刚进来时我正在想什么吗？”

我不得不作出否定的回答。天哪，我又不是心理学家！

“我当时在考虑，在美国大学里面，人们大概会通过计算和实验，为一个天才确定每天所需热量的大卡数……就譬如说为伦勃朗[①]吧。现代科学最后会把一切都搞清楚。你是怎么想的?”

“也许人们会产生这样的念头：不知怎么的，天才的生活就是不同凡人。他要么吃得很多，要么就饿肚子……而他的成就——依我们看——同他所谓的进食毫不相干……”

“但是就连天才也有其饥饿极限……依我看，人们可以在一个地下室里又饥又冻地待上八天，写出一首关于这种体验的十四行诗……可是如果有人要在冰冷的地下室里度过整整一生，那么整个的十四行诗写作也就停止了……写作之所以停止，是因为人们以后再也没有力气，用铅笔头在随便什么样的肮脏纸屑上写他的十四行诗了……”

“不过我断言，他可以有好多、好多优美的十四行诗不写出来，而只是在他脑海里创作出来。这些十四行诗永远也不会面世，但它们却在那儿存在着……也许，如果这些十四行诗能让人们了解的话，它们还是不朽的呢……”

我们的面包吃完了……我从床上伸出手去，把火炉烘焙的烟收集起来，装进我们的烟斗。胡贝尔特把他的一张画递给我当引火

① 伦勃朗（Rembrandt，1606—1669），荷兰画家。

纸……我把它在炉子上点燃，于是我们便抽起烟来，而这时薄暮也降临到了我们的小木屋……它像烟雾一样钻进屋来，笼罩着一切……

“我要按照美国的方式来写作，”胡贝尔特说，“他们倒是应当试着弄清楚，伦勃朗每天需要多少卡的热量。”他心神不定地看着我，“我确实有自卑感，因为我再也不能像从前那样，做那么多的事情了……前不久我在报上看到，他们在美国试验过，产生我们这么多卡路里热量的人，再也不能从事脑力劳动……无论如何干不了两年。也许是这种奇妙的科学认识把我弄得如此垂头丧气，使我再也无法画画了……”

他像一个野蛮人似的，从床上猛然一下跳了下去，从我身边跑过，跑向画架，把一张纸夹在木板上，开始像一个疯子似的工作起来……他匆匆画就一张利索的速写……抓起水彩盒就涂起来，画上重重的、大胆的几笔……有时候他画完一幅小小的画，便又跑到旁边，以检验效果。这种小画我看不清楚，因为暮色越来越浓，越来越浓……但他突然转过身来对着我，声色俱厉地问道：“这个面包是你从哪儿弄来的，你这条狗……”最后我只好摊牌。“我用自己的自来水笔换来的，”我怯生生地说，“同一个美国兵……这儿——”我从口袋里掏出两根白色烟卷，“每支笔还可以多换一支香烟。”

我们即刻放下那两个散发着臭味的烟斗，非常惬意地吸着这美妙的烟——美国香烟!！胡贝尔特继续大胆地工作下去……他把灯点亮了。

“全美国最好的东西……最好的东西还是这些香烟……”他边说，边哈哈大笑……

德 国 奇 迹

“父亲，”十一岁的儿子说，“什么叫这个——叫德国奇迹？老听人讲这些事……”父亲放下报纸，关掉收音机，若有所思地看着自己的儿子。他早就不得不回答儿子成千上万的问题了。他通过回答这些问题，认识到这些问题迫使他去阐述他从未考虑过的事情。父亲考虑良久。

“你不知道吗？”儿子问。

“等一下，”父亲说，“我马上就想出来了。你知道银行户头是什么吗？”

“知道。”儿子说。

“你也知道支票是什么吗？”

“知道。”儿子说，“是一张像钱一样的纸。”

“好，”父亲说，“你瞧吧：现在我知道德国奇迹是什么了。你必须有三个银行户头——这样，你就会得到两三本支票簿。这总共要花费你也许一百马克吧。”

“可是支票必须有足够的存款才能支付。”儿子说。

“等一下，”父亲说，“我们还没有达到自己能够开支票的地步。首先你必须有信誉。这样，你就可以设法从银行得到一笔三千马克的贷款。”

“会得到贷款吗？”

“会的，只要你作出保证并且找到担保人。我们假定，你得到这笔贷款。然后，你开一张二千八百五十马克的支票，把这张支票汇到二号账户上。几天之后你取出二号支票簿，开一张二千三百四十七点五马克的支票，把它汇到三号账户上。你让钱在那儿搁一个星期。然后，你在几个星期当中把你的钱——你每次把数额稍微减少一点儿——经过不同的账户汇来汇去。这样做看起来更令人信服。这时你就不能不注意到，最后总会出现几个芬尼。然后，你从正好存着钱的那家银行提取四百马克，去休两个星期假。你休假回来后就去二号银行，对他们说：‘我想贷一笔六千马克的款项。’人们会复查你的账户，会看到你的账户波动很大。你周转了两万马克。这时，你就会得到这笔贷款。你从六千马克中抽出四千马克存入一号银行——其余一切都取决于你的想象。六千马克用三个支票簿当然能够更好地运转。你很快就需要有三个新的支票簿了。这些支票簿总共花费二点一五马克——要是你机灵的话，很快就会在三家银行得到每家一笔一万马克的贷款：你要考虑怎样才能周转这些贷款……”

“这么说人们只需要——”儿子说，“动用他的账户。”

“动用你的账户，”父亲说，“世世代代都会赞扬你。你的宗族会有好运。你只需要一支自来水笔、三本支票簿和也许是五马克邮资。只有在你充分使用过你的账户之后，你才能提取一大笔贷款，开始从事某种能赚大钱的活动。不过这已经有点儿幻想的意味了。重要的是：千万别往支票上写容易识破的、已经结清的数字：最后必须有几个芬尼在户头上。动用你的账户吧，我的儿子，”父亲满怀激情地说，“你的人生道路一定会辉煌无比。”

“难道说这就是德国奇迹？”男孩问。

“对，”父亲说，“我认为：这就是。”他又拿起报纸，不过他考虑得太多，无法看报——他把报放在一旁，点燃一支香烟。如果他不是由于沉思默想变得抑郁寡欢的话，他今天就成为一个富翁了。

99读书人

SHORT CLASSICS
短经典精选

短经典精选系列

走在蓝色的田野上
〔爱尔兰〕克莱尔 · 吉根 著 马爱农 译

爱，始于冬季
〔英〕西蒙 · 范 · 布伊 著 刘文韵 译

爱情半夜餐
〔法〕米歇尔 · 图尼埃 著 姚梦颖 译

隐秘的幸福
〔巴西〕克拉丽丝 · 李斯佩克朵 著 闵雪飞 译

雨后
〔爱尔兰〕威廉 · 特雷弗 著 管舒宁 译

闯入者
〔日〕安部公房 著 伏怡琳 译

星期天
〔法〕伊莱娜 · 内米洛夫斯基 著 黄荭 译

二十一个故事
〔英〕格雷厄姆 · 格林 著 李晨 张颖 译

我们飞
〔瑞士〕彼得 · 施塔姆 著 苏晓琴 译

时光匆匆老去
〔意〕安东尼奥 · 塔布齐 著 沈萼梅 译

不中用的狗
〔德〕海因里希 · 伯尔 著 刁承俊 译

俄罗斯套娃
〔阿根廷〕比奥伊 · 卡萨雷斯 著 魏然 译

避暑
〔智利〕何塞 · 多诺索 著 赵德明 译

四先生
〔葡〕贡萨洛 · 曼努埃尔 · 塔瓦雷斯 著 金文彪 译

房间里的阿尔及尔女人
〔阿尔及利亚〕阿西娅 · 吉巴尔 著 黄旭颖 译

拳头
〔意〕彼得罗 · 格罗西 著 陈英 译

烧船
〔日〕宫本辉 著 信誉 译